名流詩叢 4

千禧年詩集

李魁賢◎著

告別第二個千禧年的黃昏
我看到自己的影像映照在炫目的夕陽裡
過往的努力紛紛擾擾呈現自滿的燦爛格局

自　序

　　在時間的長流中，每一個時點是舊的結束，同時也是新的開始，環環相扣，持續不斷。但時段有長有短，意義有所不同，例如以百年（世紀）衡量時，世紀末被看做頹廢、衰敗的末年，而以千年（十個世紀）為表記時，千禧年卻被視為是新希望的轉機。世紀末和千禧年不是一個時點，也不是屆止或開始的一天、一月，或一年，可能跨越一段不能明確界定的時程。

　　千年才出現一次千禧年現象，按基督紀元算，到2000年才要過完第二個千禧年，宇宙眾生才有多少人適逢此盛年，因此在數年間，前前後後紛紛擾擾敘說討論者眾，也有很多穿鑿附會。證諸現實，時時刻刻都可能發生特別事件或記錄，不必然在某一時段預見出現。但時過境遷，也能回顧在跨越千禧年期間，社

會、政治層面的突顯事項。

在台灣，最引人矚目的變局，當推政黨輪替，被視為是「萬世一系」的國民黨，終於失去人民的支持，政權和平轉移給民進黨，台灣進入真正落實的民主自由時代，和世界上先進的國家並駕齊驅，豈料不旋踵就玩完了，立刻又倒退入歷史的逆流裡。這個進化有跡可循，是世代追求自尊的精英流血流汗砌造而成，敏感的心靈早已嗅出那熱烈的氣氛，充滿樂觀的期待。

第一輯《給台灣的後代》便是在這樣的氛圍和期許下執筆，裡面有歷史的縮影、現時的觀察、未來的憧憬。當時的外在條件還是令人有相當程度的猶豫，不敢有把握可以目睹親歷那人生難得一見的榮景，所以是用遺書的心情和語氣下筆。

2000年，台灣果然完成政治上的創舉，實現人民的夢想，達成國際間視為不可能的任務。第二輯《五月》隱喻政黨輪替、題目全部嵌入「五月」二字，除

最前面兩首外，我以不分行的結構，共寫了20首，每首20行，暗喻5月20日總統交接的光輝日子，我寫心情、感情、愛情，不露政治鑿痕。

第三輯是德國詩人葛拉軾的詩集《十一月國土》，以比較象徵的抽象方式表達詩人對東、西德統一的看法。德國在1990年統一，以寬弛的限度來衡量，可視為發生在千禧年的最早期吧，而葛拉軾在1996年出版此詩集，可謂已進入千禧年熱的先導期了。我翻譯葛拉軾此書做為借鏡，顯示詩人「自反而縮，雖千萬人吾往矣」的真實和真摯精神。

附錄了莊紫蓉女士的訪問錄，在莊女士持續數小時不停的訪談，和訪談後費更多倍時間整理完成的記錄中，幾乎探索了我截至二十世紀的所作、所為、所寫、所思等諸多層面，算是對讀者最清晰、完整的交代，其中有一段談到《給台灣的後代》和《五月》，正好可做為本詩集的補充註腳。

距千禧年轉瞬已過十年，回首前塵，不料人民對台灣民主政治的樂觀期待，一下子又回歸到原點，甚

至倒退，一代一代先人的奮鬥，一代一代的失落，有
賴台灣的後代繼續努力，說來心酸，但我仍然不放棄
給台灣的後代寫詩的初衷，不放棄再度迎接五月重臨
的希望。予何言哉！天何言哉！

2009.09.19

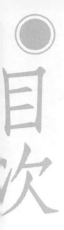

 第三輯　十一月國土

 附　錄

第一輯

給台灣的後代

神說世界要有光

神說世界要有光

於是　世界就有了光

當你第一眼看見世界的時候

世界早就有了光

但你看到光了嗎

在陽光普照的海島上

人民勇於尋找光

許多人卻是蒙蔽著眼睛

光存在於他們的想像

期待著你產聲的時候

我更早就祈禱著國家的產聲

我期待著你第一眼看見世界的時候

就自然看見了光那樣

台灣出生的時候

是人人可以睜開眼睛

看見真正陽光普照的島國誕生

在你來到世界的時候

遺憾沒有給你看到真正的光

光會讓我們看到台灣的美

看到人的尊嚴　謙虛　和諧……

1999.05.30

你用哭聲表示你的存在

你用哭聲表示你的存在

你感到周圍有危險嗎

因為你看到許多狐疑的眼神

你第一次看到這個世界的時候

用哭聲向這個世界招呼

你的家族用歡笑迎接你

你心裡要有準備

台灣有一天也要用哭聲表示國家的存在

因為周圍同樣有難以抵擋的危機

比狐更為兇惡的豺狼的眼睛

當台灣向這個世界宣告的時候

竟然也要用哭聲向世界招呼

但不管風雲如何變幻

台灣千萬人同樣會用歡笑接納

哭聲不表示悲傷

哭聲會發出生命的力量

1999.05.30

名可名　非常名

名可名　非常名
命名一如大地生長的花木
孕育自然的芳香

名字是一條河流
或許起源在遙遠的深山裡
經過千山萬壑或孤岩絕壁
潺潺流到廣闊的海口

我自己曾經使用不同的筆名
渾沌中遺忘了自己名字的來由
我幸而很快領悟祖先給我名字的意義
給我一條河流　給我無盡的活水

你要堅持你的名字

像堅守你出生的土地一樣

你的名字代表你應該擁有的一份天空

在天空中有一顆以你為名的星星

你同樣要保衛國家的名字

和你自己的名字一樣不被任何人篡改

你要記住名字不止是一種記號

它也是血統和尊嚴

台灣永世的榮耀

1999.06.01

你不必苦苦尋求一個母親

你不必苦苦尋求一個母親

有的母親只是一個子宮

不知不覺把孩子帶來世界

真正的母親不但充滿了愛

有善良的心　而且會給你尊嚴

讓你自信作為人的意義

具備值得稱讚的崇高美德

你的母親便具有海一般

可以包容　溶解　融化一切的品格

她在苦難中成長而能肯定奮鬥的目標

她懂得享有愛而付出更多

母親讓你生存在世界上不知憂煩

她的優雅氣質會使你堅守尊嚴

在平等待人中求進步而不停滯

台灣猶在苦苦尋求這樣的一個母親

你當知道將來你和新的一代

同樣要成長接受環境的挑戰

看能不能成為接生台灣的母親

就像你的母親把你接生下來那樣

1999.06.02

你在睡夢中文文笑著

你在睡夢中文文笑著

像天使一樣的安詳　在童話王國裡

你不必飛翔　在你的家園

在海邊　你可以看到日出日落

照映著家鄉的美景

你在睡夢中開始想像

將來要生活在怎樣的一個國家嗎

你不必嘆息生來沒有符合你的理想

彌補殘缺就是要你面臨的目標

因為你有夢想　才會像天使一樣

但願你不止在童年的睡夢中文文笑著

你要致力的是讓台灣有美夢

隨時有你的一代還有後代以笑聲相伴

有國家　笑才會甜美

你儘管在睡夢中文文笑著

你要保持笑的心意　直到老去

在睡夢中仍然不時浮現

天使般嬰兒的笑容

1999.06.02

你一出生就對台灣過敏

你一出生就對台灣過敏

是因為你的體質不適應自然生態

還是台灣的氣候環境不合你的成長

其實台灣過敏的社會已經不那麼過敏

勇敢的刺客可用選票宣告政治主張

不必再靠沒有眼睛的子彈

我們鄰居也新成立烈士紀念館

他為了台灣人的尊嚴不惜自焚殉難

文學和藝術反而成為較不過敏的一環

如果善於迎合時潮的文人被稱為良知

如果詩人佔有發言地位而大聲說謊

如果藝術可以冒充現代而遺忘自己的形影
這樣不敏感的遲鈍反而是過敏的話題

我不會奇怪你一出生就對台灣過敏
你過敏的體質在將來你成長的過程中
大概會對自己的過敏不再過敏
在不正常的倒錯社會裡
你應該能夠堅守人的本質而從容存在

1999.06.04

瑪姬颱風驚嚇你了嗎

瑪姬颱風驚嚇你了嗎

颱風挾著大量風雨來襲的時候

我聽到嬰兒的哭聲淒厲

聽到樹枝斷裂　流浪狗哀號

金屬物掉落地面滾動的匡琅聲

每次颱風挾著外國名字橫掃

比挾著風雨更大的威力

台灣人已經不知道六月颱的性情

更茫然於九月颱的特性和脾氣

只記得被人命名好了的外國名字

用來分辨戴著統一面具的一場場巫術

台灣人面對著不斷有颱風的威脅

已經養成準備防患的敏銳

不是因為上天特別寬容或眷顧

樹木在摧殘後繼續生長

人民在收拾災情後繼續展現活力

你不必驚嚇會有一次又一次颱風呼嘯

只要記住台灣位在太平洋上

是颱風喜歡爭霸和肆虐的場域

你便要學習祖先有隨時應付的能力

不過在颱風夜燈下閱讀台灣史的時候

記得要傾聽窗外是否有流浪狗在呻吟

1999.06.08

我急於看到你天真無邪的臉

我急於看到你天真無邪的臉

每當我厭倦了那些粉飾的假面

扭曲的皺紋　抽搐的肌膚

我常常看到政客在台上講到激昂

汗流急如暴雨沖刷濫墾的山坡

把半邊臉溶掉　好像火燒過的塑膠玩偶頭

但他只要轉過臉用紙巾擦掉他的汗跡

就又生出一張流浪狗一般無辜的臉

只是多少會留下驟雨打在池塘上面的斑點

我最近也看到不再寫詩的詩人

有更高人一等的絕招　他在台上

可以隨興撕下一張臉就像撕下日曆一樣

他可以接二連三撕下一張一張的臉

有各自不同的顏彩不同的表情不同的膚色

那多層的臉可以自然增生比面具還自然

我真的急於看到你春風一樣的臉

有日出時清爽的溫馨　七彩的夢在輪轉

我一直在構想台灣的版圖應該怎樣繪

就急於想看到你　那張台灣未來的臉

清清白白沒有一點瑕疵的太陽

1999.06.11

電話中傳來你的發聲

電話中傳來你的發聲

清脆如像銅鈴

如像時間的珠粒千顆萬顆

在地上自由滾動

連語言也被嚴重污染的台灣社會

每一個政客都擺出聖人模樣

說出明知又怕別人鄙棄的格言

慶幸你還不需要使用污染的語言

我喜歡聽到你人性的原音

清脆如像牛頭上的銅鈴

你的聲音喜就是喜　怒就是怒

就像柳絲和毒藤一樣分明

你清脆如銅鈴般的聲音
是金屬中的元素分子在流動
就讓它瀑布似地沖瀉吧
流過乾旱下焦燥的田園

1999.07.03

告別第二個千禧年的黃昏

告別第二個千禧年的黃昏
我看到自己的影像映照在炫目的夕陽裡
過往的努力紛紛擾擾呈現自滿的燦爛格局

迎接第三個千禧年的清晨
對台灣的後代是日照更為絢麗的美景
不是土撥鼠而是松鼠在林中跳躍

坦克　地雷　戰機　火箭　飛彈
人類依賴非理性狀態下夢魘的發明
成為地球上嗜血到凶狠紅眼的異端

回到學習與自然和諧相處尋求人性的再現

有城市的民族　也有農耕的民族

有狩獵野鹿的民族　也有追逐飛魚的民族

山林中本來不是國族主義發祥地

讓梅花鹿回到祖先的地方生息　還有山羌

讓黑面琵鷺高興就來安逸客居　還有伯勞

庭院裡也不是種族隔離的試驗場

美人蕉可以亂彈琵琶　台灣欒樹也可以隨風舞蹈

九重葛可以紅到四季款擺　七里香也可以芬芳到

　　遠近心歡

來不及懺悔的舊時代走過難以自拔的沼澤

迎接第三個千禧年的新時代

讓我們滿懷安心期待你──台灣的後代

1999.09.17

寒流來時　你怎樣應付

寒流來時　你怎樣應付

壁爐在亞熱帶的台灣只是裝飾品

烘熱器徒然使舌乾唇燥　皮膚龜裂

我們的祖先在寒流下靠更加勤快勞動

使身體產生抵禦的熱量　或者偶爾

休息時　在溫暖的泉水裡泡泡凍僵的手腳

畏寒只會愈畏愈寒　知道嗎

祖先的智慧得自工作的倫理

你不畏寒　寒流就難不倒你呀

寒流來時　你就逆風行進

不然就狠狠在雪地上打滾

仔細聽聽地下有生命掙扎的聲音

樹木每次克服了寒流就增加年輪

大自然就是在艱困中成長

然後繁榮　然後讓你感受溫暖的滋味

1999.12.20

你終於危危顫顫站立起來

你終於危危顫顫站立起來

困頓於席上爬行和打滾的日子

你已經不耐煩長久這樣度過

站立起來才能從窗口看到外面的世界

雖然腳力還不穩健　　有些驚慌

但你表現努力站立起來的苦心

儘管經過跌倒　　掙扎和學習的過程

終於能穩穩站立　　開始移動步伐

意志可以左右站立起來的力量

只要你期望台灣也終於能站立起來

你自己就要先站穩　不要害怕

站立起來看看窗外　窗外有狗在吠

有雜沓的腳步聲　有汽機車的烏煙瘴氣

當然還有許多危機　不止在巷口或路上

但你總有一天要勇敢走出去

站立起來不過是你準備邁步的第一個動作

2000.01.12

詩人歌詠種樹紀念亡靈

詩人歌詠種樹紀念亡靈

用樹木的生命延續逝者的遺志

綠化台灣成為滿眼青翠的祖國

但千禧年不必再藉亡靈繁榮森林

毋寧為新生兒種樹陪伴成長

不必埋一罈酒或寄出封瓶的未來信函

任樹為你呼風喚雨　招蜂引蝶

四方群鳥來儀　時而隨興舉行慶典

樹可成為你的華蓋　你儘可從容顧盼

種樹紀念誕生象徵一個生命的成長

勝過用星宿比擬的虛無縹緲

樹的生命還能克服人生有限的哀愁

你將來有子　子又有孫　代代相傳

樹必然隨之綿延繁榮無盡

一人一生為台灣種一棵樹是一件小可的大事

2000.01.27

我習慣在廢紙上寫詩

我習慣在廢紙上寫詩

詩的優美和崇高表現

在文本　不在載體

這是簡單不過的道理

有人關心台灣的環境污染

用雪銅紙印出垃圾滿地的場景

在精美的媒體上呈現滿目瘡痍

不惜浪費生態資源

合理化攻擊生態破壞者

台灣幾時已落入自我消解顛覆的困境

詩要在醜中見美　死裡求生

於污穢地基上植被難見的優雅

你要知道　有人用文字寫詩

有人用生產和勞動唱出詩的內涵

有人用生命填補史詩的空白

詩也是意義的實踐　不止是美

任何形式的浪費都是非詩的行為

我並不刻意選用廢紙寫詩

只是要你知道　滿足於克己的習慣

奉行少增加台灣負擔的傾心

2000.01.30

春暖後一定還會有寒流

春暖後一定還會有寒流
就像颱風肆虐後還會回南
人生的逆境也不是那麼容易就範

你的感冒是因為太相信規律
季節的遞嬗並不按照一定的道理
社會變動也不能用規則性預料

遭受嚴冬凌虐和霪雨連綿太久
聽到春雷就期待春暖花開的日子
這是大眾渴望心切當然容易理解

但是回馬槍才是致命的一招

以為春花怒放卻疏於防範嚴寒逆流

你的感冒讓社會打了一個很響的噴嚏

即使寒流真正遁跡不再回頭

仍要提防地震和夏季出沒不定的颱風

台灣四季都有苦難　不得不警惕

2000.02.20

第一輯

五
月

五月

五月

迷人的季節

空氣飄著酒香

鳳仙花　紅姑娘

小蜜蜂唱一生的最愛

五月

看海的季節

海用藍信箋邀舞

要和蒼穹比

誰更有春天的韻味

五月

季節迷人

街道飄著酒香

燈光幽幽照亮記憶

雨後的夜空

星星也蕩漾

2000.05.08

五月的聲音

今年過了慶典的五月

依然還是春天在心中纏綿

細細密密的雨下不停

夜裡聽到船螺的聲音

不知是入港還是遠行

啊　聽到五月心跳的聲音

五月是最溫柔的季節

把延長的春天留在胸口

讓夏天不耐煩等待

就到港口去排遣迷失的鄉愁

時光和浪漫的春雨一樣

傾瀉後就悄悄流失

但五月的影子會留下來

藏在春不老的花叢中

朦朦朧朧像躲在雲裡的月亮

2000.06.21

五月的鐘聲

五月悠揚的鐘聲

撒下一張網

在夢土上

在我古堡一般

荒蕪的囚室

有鳥鳴在林間

有和風在粼粼的波上

有朝陽在爬山

有晚霞在衝浪

有鐘聲悠揚

是梵音

是天籟

打開囚室的天空

不同歲月的流泉

匯成一股

潺潺的青春脈動

啊　逝去的光

隨著鐘聲落下來

網住我的周圍

金屬的牆壁

2000.12.15

五月的情意

十二月冬末

出現了五月的情意

又開心又關心的是

反常的雨季

終於要過去了吧

雨季終於過去了

五月的陽光

像飛燕剪開了

綿綿密密的積層雲

島嶼的天空

要藍給自己看

島嶼的森林

永遠吞吐著綠色的空氣

即使意外雪封

思想不會空白

相思也不會空白

亞熱帶的島嶼

一年四季

五月長在心裡

五月長在心裡

2000.12.16

五月的天空

我躺在

火成岩的山谷裡

望著

五月的天空

擁抱大地的愛

是一項承諾

那是歷史的宿命吧

像孤守庭院的

一株台灣欒樹

拋棄繁瑣虛飾的語詞

脫落枝枝葉葉

在忍不住的冬季

嶙峋的硬骨

危風昂立

接受五月的定情

一翻身

成為

一個新的時代

一個不可預知的

生命

2000.12.18

五月的戀歌

九月是一首悲歌

唱出大地

心碎的亂彈

溪流　為之斷腸

山脈　為之落髮

道路　為之粉身碎骨

啊　不

不要再悲吟

現實裡

有真實的愛

記憶中

有愛的真實

在大地溫厚的

胸懷裡

五月的戀歌

永遠令人陶醉

那是世紀的旋律

從世紀末

要唱到另一個

新世紀

2000.12.22

五月的陽光

歲末　竟然

享有五月的陽光

長期霪雨後

突然

一枝玫瑰杜鵑

預報季節換新

鮮紅在綠葉中

像一顆熾熱的心

探問

五月擁抱我呢

還是我擁抱五月

寒冬出現五月的陽光

寒冬盛開唯一

昂首的玫瑰杜鵑

季節在改寫歷史呢

還是歷史在改變季節

五月花開

無關歲時

而是

自然和諧的緣故

2000.12.24

五月的和風

我願

化成一陣風

負載歷史沉重的憂傷

從山脈的頂峯

奔向河口

穿越過不同海拔

從寒帶到熱帶的林相

像是不同季節的變化

不同地形的起伏

帶著自然的流水

滋潤龜裂的田園傷口

擁有五月的和風

驅除歷史黑色的記憶

讓詩的種子萌芽

讓大地有愛

讓人人有笑容

讓世紀末的夕陽沉落

讓新世紀朝陽升起

讓我

化成一陣風

2000.12.29

五月的傳説

五月的傳説

根據風的記載

在山坡上

野外雕塑展覽場

有一老婦

回想年輕時

認識一位老詩人

嘔心瀝血

像世紀末遲遲沉落的太陽

她每天坐在岩石上

眺望海灣

有著美麗的愛情弧度

她孤寂的哀愁

被風鑿刻

成為一座石雕

夕陽扶著她的肩膀

一個在回味

一個已經不知不覺

五月的傳說

猶對故鄉唱著戀歌

2001.01.07

五月的方向

在急駛的車流中

清晨

路旁突然飛起一隻白鴿

帶著台灣的腳環

受到污氣驚嚇

竄起

朝著五月的方向飛翔

白鴿帶著純潔的心

越過綿亙的圍籬

繞過相思樹

沿著河岸

風嘻嘻笑著

陽光下

白鴿

像揚著一面旗幟

沒有鮮艷花樣

只是心情告白

飛向

五月豐沛的

水庫的方向

2001.01.15

五月的蟬聲

冷坐水池邊

雖然無雪

無防

默然觀照自己

水影虛幻　與我常在

靜靜等待五月的蟬聲

在無風自動的婆娑樹影下

我在野外坐禪

不在乎成精成狐成鬼成怪

成佛成菩薩成羅漢成觀音

成風成雨成雲成霧

成花成草成木成石

成為指指點點的對象

兀自冷坐水池邊

風來時　要去我的眉

雨來時　要去我的鼻

雪來時　要去我的眼

禪來時　要去我的耳

五月來時

悄悄進入我堅實的心裡

2001.01.31

五月的形影

在庭院裡

看到一朵玫瑰杜鵑苞蕾

在風中掙扎綻放時

想起了五月

在樓頂上

眺望一艘遊歷四海的輪船

在水平線上迎風駛過時

想起了五月

情人節到來時

心中理想的形影

像候鳥一般隨風遠飛

準備上街參加反核遊行吧

心想一大把年紀了

愛情和形骸都不能久留

那就遺愛人間吧

摘下初開的玫瑰杜鵑

在樓頂上

久久望著漸漸駛離視線的輪船

極目看不到五月的形影

呈獻

2001.02.12

五月的旋律

淒冷的空氣中

二月悲愴的音符

在尋覓五月的旋律

盛開著早春花朵的公園

夢也綻放著誘人的芬芳

香頌女歌手正唱著夢曲

惡夢應該過去了吧

然而年年二月

美夢未到

惡夢還在迴盪

叛國造反惡厲的叱聲

像幽靈一般

在惡毒的心中

像蛇蠍在幽暗洞窟裡

不時會顯露出嚇人的形影

坐在相思樹下

四周是粉紅色的早春花卉

在粉紅色的夢中

期待著五月的旋律飄揚

結束二月的悲吟

2001.02.28

五月的歌謠

有一首歌謠

五月唱過

像是沒有止息的山泉

在岩層之間流轉

有時在無人知悉的幽暗中

有時湧出地表

酷暑時冷冽

嚴冬時溫暖

五月唱過的歌謠

其實是在歷史中流轉

作者在幽暗的世界裡

聽著自己的旋律

故事流轉成野史

一點點漣漪

一點點浪花

在回憶中

成為迷戀的芳香

在五月的歌謠中

成為一個

裝飾音

2001.03.26

五月的祭典

牲禮在道路兩旁

一直排到雨季的末端

煙雨濛濛中

誰能看到神的身影

出現在臨時違建的戲台

像逃家的頑童

在信徒和祭品間亂竄

檢視隨俗的儀式

有些熟悉有些在不知不覺中變化

五月的祭典

供奉的是伸張四肢的屠體

還是畏畏縮縮的人心呢

以為神降甘露

會洗滌烏煙和瘴氣

然而在那遠遠的城市裡

是異化的人看不到神呢

還是神看不到他們

在鄉村熱烘烘的道路上

五月的祭典

在心靈的神殿內進行

2001.04.09

五月的軌跡

我在追尋五月的軌跡

五月來自何處

可能是傳說的天意

可能是神話中

自然飄揚的謠曲

五月帶來豐沛的雨水

滋潤豐腴的大地

五月有許多纏綿的旋律

有許多熱愛和歡呼

也有些意外齟齬

我在追尋五月的軌跡

會有什麼樣的形象

這是受到憐惜的月份

正是轉變的季節

五月會在掌聲中迷失嗎

還是會保守和諧的節拍

啊　五月往何處去

我在追尋她的軌跡

關心她在天地間

運行

2001.04.26

五月的擁抱

我張開雙臂迎接風

擁抱隨風而來的五月

在水池邊我看到五月的側影

在花蕾上我看到五月的微笑

在草葉上我看到五月的淚珠

在樹蔭下我看到五月的從容

在岩石上我看到五月的焦灼

在噴泉中我看到五月的裸體

風向我伸出雙臂

五月緊緊擁抱著我

五月左右我的呼吸

五月控制我的情緒

五月掌握我的行動

五月安撫我的睡眠

五月唱著我的歌

五月流入我的詩

五月是慶典的季節

五月是呼喚人民站起來的日子

五月是我新世紀的愛

五月緊緊擁抱著我

2001.05.04

五月的意象

到了五月的時候

找不到五月的意象

長久霪雨使大地癢極了

鳥聲是晚春的間奏曲

應和著異化的狗吠

梔子花開了又謝

泥土還未吸收到香味

相思樹沿路撒著

相思淚的小小黃花蕾

像是一幅蝴蝶拼圖

打散後失望的零零落落

風搖撼著不想動的樹枝

天很快又陰暗下來

霧濃得像塵封的歷史

用望遠鏡只看到午後

拒絕陽光的圍牆

看不到圍牆後面的樹林

樹林後面的大屯山

山後面的天空

天空後面的五月的意象

2001.05.20

五月的緣故

一株柳樹

在五月之前

已經枯立天空下

兀自對著池中倒影

雀鳥啁啾著

不知是歡愉還是嘲弄

風來不會舞髮

雨來不會潤絲

已經不能上鏡頭的形象

仍然佔有風景的焦點

傾斜的姿態

只剩僵硬的骨架

失去款擺的嫵媚

在土地裡

缺乏生機的根

再也沒有緊附的能力

勉強枯立天空下

憔悴就是憔悴

唉　不要說是

五月的緣故

2001.07.20

五月的旗幟

五月去了又來的時候

五月不在

旅人蕉插著新綠的旗

經過風風雨雨之後

像裂帛在招展

迎接的是情還是意

蟬聲初起

不知整個夏季會怎樣聒噪

熱鬧是熱鬧

卻少了沉思的空間

五月來了又去的時候

五月留在心裡

旅人蕉新綠還是新綠

在陽光下

成了一面不在乎顏色的經幡

讓天空閱讀

讓鳥也來閱讀

不管季節如何變化

不變的是插在土地上

五月的旗幟

2001.08.12

五月的迷惘

五月在時代裡迷惘

在規劃完整的新興藍圖裡

充滿了美好的願景

一邊有青翠的山脈

我們前進的道路卻被封鎖

一邊是晶藍的海洋

我們前進的道路也被封鎖

兩側是螞蟻窩一般

層層堆起積木玩具型樓房

地層下還有藍螞蟻在開挖

號稱國家新都的藍圖

充滿了美麗的幻想世界

在開闊的大道上找不到出口

在荒野中的小徑沒有聯外通路

無心自投羅網進入迷宮中

在暴虐的太陽下

像蜂巢火燒後飛逸四散的蜜蜂

望著空地裡完成的一座新城

彷彿掉落地上的古堡般的蜂巢

五月在時代裡迷惘

2001.08.27

五月的繁華

忍耐過

五月的繁華季節

在出其不意的時刻

九重葛釋放

點點滴滴善意的花信

寒風吹過了

冷嘲留在心底

暖陽照過了

熱諷留在心底

花不花總是天意

發不發卻有深層的心意

熬過五月的繁華

在漸漸寂靜下來的秋天

九重葛開始

徐徐打開快要遺忘的天空

像打開歷史的回憶

不需要歡呼

只要冷靜對待

在五月的繁華回潮中

一株獨領風騷

2001.09.02

十一月國土

（原作者：德國詩人葛拉軾）

《十一月國土》詩集

葛拉軾（*Günter Grass*）原作

　　德國在1990年由西德和東德合併統一後，經濟幾乎崩潰，社會也杌陧不安。德國人民在為統一而輕狂時，葛拉軾獨排眾議，結果證明他有先見之明。1996年葛拉軾出版詩集《十一月國土》（Novemberland）對兩德合併持不以為然的態度，視為災難。此詩集全書包含十三首嚴謹的十四行詩。譯詩也以嚴謹的結構表現葛拉軾原詩的風格。

屬於我們

(*Das Unsre*)

國土廣闊，歌聲像廣告傳單
美景遼夐綿亙山丘，往北漸平，
人盤踞，（此時）擠到屋頂。
以前小孩躲避父親責罵的地方，

不再是避難所，不，無需祕鎖。
我們充分開放，四面八方展示，
每一個鄰國，全世界在環伺
好像看到災難，卻是我們幸福的源頭。

我們在此找到自己，逆轉的景氣
把我們養肥。由於厭煩悲痛和哀傷，
飽滿的憂愁敲破自由市場的法器；

逕行把我們的罪愆折價求償。

十一月國土靜寂，譴責高尚的勞動，

害怕法庭的審判，會把代價加重。

十一月國土

（*Novemberland*）

那是我的來源　年年慶祝所有九號[1]

我想從此越過虛擬的籬笆遠逃

可是穿錯鞋跑向我呼應的地方

卻因為遺留的大便而臭名遠揚

在變化無常中保持同樣

在流行風尚的垃圾下有如

（忽而牛仔褲　忽而駱駝絨呢布）

第三帝國留下的殘舊照相

十一月之死　就讓它安息吧！

我們生存者有夠多事可做啊

然而此非彼　彼已覺醒

成為行動者有同樣的精明

既非銷帳亦非免稅所得盈利

是來自負債　我必須償還清理

1.　德國的希特勒暴動（1923年），搶劫猶太人之夜（1938年），以及
　　柏林圍牆崩塌（1989年），都發生在11月9日。

遲開的向日葵

（ *Späte Sonnenblumen* ）

十一月打擊向日葵　最黑暗的黎明前

花梗依稀浮現　嘲諷色彩鮮艷

在雨中歪斜　尋句賦比

還要押韻　譬如神仙和遺體[1]

花依然稱心　做為我的經典

朝天裂開　其灰色零零

散散　全然模糊不清

於此摘取訊息做為使命：

就像夫妻經過短期婚姻

土地和人民流離

收成貧乏　戰利品富麗

啊　接收委員毀了我們[2]

有嫌疑把向日葵砍頭的人

缺乏目擊證人　為暴民所欺

1.　「神仙」押「鮮艷」，「遺體」押「賦比」。

2.　接收委員由政府指派接收前東德國有財產，進行私有化。

萬聖節

(*Allersellen*)

我隨身攜帶十一月　飛向波蘭
問題是　我講的波蘭話　若只會
直譯　又死命佩服騎兵的馳騁奔放
（我深深抽吸天主教義　直透心肺）

依舊話多沒有回應　達意偏好德語：
雖然想法討人喜　確實怪異有餘
然而　我緣於返鄉的管制
必須把我染色毛衣帶去市場處置

如此沉醉在鄰里　如此長久失蹤
與歌聲和樂曲中憂傷如此親戚
把喜愛如此祕藏心中　卻雙耳已聾

我們是朋友　有苦同擔　因為無法忘記
傷疤（我們的）在激動；一切希望徒然：
所有墓穴都在萬聖節中開放

狂風警報

（ *Sturmwarnung* ）

廣播電台預報　颶風襲自英格蘭

此次只有少數死亡　財物損害

太大　擔心氣象到說不出話來：

狂風強烈　不是一般所想像

還會增強　直到我們因統一負荷而沉淪

而被排除在富豪俱樂部門檻

因為德國馬克本身日趨走貶

若脫韁的氣候持久以客人身份

想把這裡當做家鄉　好像異國洪水

儘管吸毒還感染愛滋病的血液

肆意與我們混合　使我們成為雜碎

所以我們恨他們　不再恨我們自己——

再來一次　預報　颶風會太過火

無視國境　硬闖又呼嘯避難所

降臨節第一星期日之前

（*Vorm Ersten Advent*）

什麼都漲：帳款、汽油、生活！
光禿禿公園裡　稀少的野薔薇果
在一般灰色上投射斑駁色彩
讓我們想起夫妻鬥嘴和夏日性愛

故在稍許情慾勝仗後即告熄滅
十一月國土扭曲　因叫嘯而憂煩：
不再有男性器官　皮膚卻千百倍
挺起為了威力和無人收拾的破爛

這可是狡詐喔　按照德國養老年金
把外國部份按百分比加以計算合併
好像這種計算是為了施仁

於那些躲在幕後沉默訕笑的人

在莫爾恩[1]外圍　我們小小的城市

全然意外已經在籌備慶典儀式

1.　莫爾恩（Mölln）是德國石勒蘇益格─荷爾斯泰因州的城市，在呂貝
　　克南方，人口不到二萬。1992年在此發生新納粹主義排外運動。

規劃之外

(*Ausser Plan*)

舊報紙　在公園裡不斷飄飛
被荊棘撕破　兀自追求美學
當前　一場粗暴冰雪　窮追猛打；
十一月嘲諷所有冀求長久的書法

且看　蒼白孩童　姿勢彬彬
自己高高興興　獻身於時間歸零
如今在叫苦　因為史塔西[1]本行
已不可靠　行列縮減　激動短暫

怯怯　一如舊慣　前往下次佈展
自費啟程　在首展之間心中不暢
聞話廉價香檳　卻爆發不歡；

暴力橫阻固定的語言淵源流長
喧嚷重新定義的慣用渾話扯淡：
警戒（完全規劃之外）守護報紙副刊

1.　史塔西（Stasi），前東德國安局。

霪雨

（ *Andauernder Regen* ）

焦慮在流傳　十一月怕要留守

長久日子的晴朗不再

最後的蒼蠅從窗玻璃掉落

閑坐是跟隨時代速食而來

業主的焦慮是根據基礎上進

因為昨日的草率到今天就會暴露

年輕人（過於早衰）擔心養老金

而享有豐裕薪資的人民公僕

更是急待收入衝高加倍調漲

結領帶短髮中分的男子獲頒勳章

讚揚這種經濟未來市場的人

按規定服用藥名時代精神

有三分之二多數護衛　藉焦慮結盟；

一個傻瓜　淚灑十一月雨中

要塞成長

(*Die Festung Wächst*)

土地荒廢成為烏鴉群棲養殖場

鼬鼠繁殖　而頻頻受到懷疑

是怪異的狗發情繞著圍籬

我們合該認帳　束手付出現款

因為地處中歐　富庶又無防務

擔驚害怕流汗營造保衛建築：

十一月國土成為要塞以求安定

無虞羅馬、黑人、猶太人和阿拉伯農民

往東合該有波蘭邊境就是；

有利於很快想到我們的歷史

城堡建造已經是我們的樂趣

延長堤防　挖掘壕溝砌造圍牆
對抗要塞狂怒、痴呆、陰鬱
有賴乾糧袋內荷爾德林詩集幫忙

葉落

(*Entlaubt*)

胡桃樹光禿禿　全部樹葉落盡
籃子沉甸甸　從黑色的碎果莢
我搾取墨水　無辜宣誓清白　生恨
我的連禱從苦澀的熬漿留下

在此冒泡的東西　炸開混凝土
使我們的停車場成為社區泥沼地
那麼安全？各種各樣已建立的制度
偏航　而四肢　自由自在　無軀體

在路上　整齊的步伐　像在操兵
伸出手臂向不知其然的對象致敬
然後一陣吼聲　只是喜歡回音

出自腦門　浮腫原因是怨恨

直到——砰　卡！滑稽結實的聲音……

來吧！我們來敲破胡桃　俟最後落盡

微恙初癒

(*Nach kurzer Krankheit*)

國土傷風　流行性感冒侵襲我們

給托兒所的孩童押上發燒的腳韻

活力的病毒　警戒新的祭典

我們想過加以安撫　使平靜入眠

直到我們眼睛沉滯　視線模糊

流鼻水　因為手帕也供應不及

舊時悲嘆調勤賦以新曲譜

我們眾口一聲計數咳嗽滴劑

勉強發汗　依然沙啞的是喊叫

體力衰　咳嗽漸息而欲望更少

勉強退燒　流行性感冒退縮成傳說

而在脫口秀中很快找到良好結果

全然隨便坐在凳子上高談闊論

何以人類有時候會變得很殘忍

在清晰的視野

(Bei klarer Sicht)

來吧　霧啊　來吧！使我們成為無名氏
我們是在（沒有犯行的）當場被逮捕
如今我們無害的沙拉因加太多鹽而枯
那是真誠的　就像布魯姆部長曾經是

指望賓客　為正直的他支付
我們就這樣優游生活依賴貨款
但有人（是神嗎？）拉起霧帳
業已透露下次要選舉的人數

妝扮華麗　身材縮小到中等程度
把裂痕貼補　把階級最粗野的差別
掩飾　沒有臭味（不！）聯想到瓦斯毒

頌歌中適合（低調）的只是第三節

我們活在勝者這邊　受到保護卻苦於離情

直到統一衝擊我們　瞭解到沒有憐憫

誰來？

（*Wer kommt？*）

十一月幽暗對比含糊的亮麗：
最後的向日葵如烏黑的模特兒挺立
旁邊剩餘的野薔薇果實逐漸失蹤
因為上面光禿　溼漉漉的樹沒有頂篷

不論排隊還是散開　核桃樹也是空蕩蕩
遠方在打靶有執照練習孤獨的槍
掩飾難看的小小的差錯有賴霧
啊　我想懂得把降臨節喊叫聲堵住

誰來　在這裡　倍增？
暴風消息　收音機只是照常播放
通常在行進途中就消失其威盛

要保護潔淨的水龍頭以防突然降霜

包裹已捆好　準備郵遞寄出；

屆臨的聖誕節脅迫十一月的國土

2008.02.17譯畢

【附錄】

但求不愧我心
——專訪詩人李魁賢

時　　間：2004年12月30日10:00am～5:30pm
地　　點：李魁賢書房（臺北市民權東路3段）
採訪、整理：莊紫蓉

童年生活

莊紫蓉（以下簡稱莊）
李魁賢（以下簡稱）

莊：您是淡水人，您淡水老家還在嗎？

李：我老家石牆仔內是三合院，現在我堂弟在管理，整理
　　得不錯，還把我的詩刻在那裡，成為淡水的一個觀光
　　景點。

莊：您小時候需要幫忙種田嗎？

李：我在臺北出生，三、四歲時被送回淡水和阿公阿媽一起住，很受阿公阿媽的寵愛。六歲回到臺北唸育英幼稚園，期間也經常回淡水鄉下。二次大戰末期，全家「疏開」（疏散）搬回淡水老家以後，我父親和叔父跟著阿公一起耕種，我放學回家以後必須幫忙「做穡」（做農事），禮拜天、暑假，也要「飼牛」（放牛）。其他的「穡頭」比較沒辦法做，因為年紀還小，主要是「踏稻頭」和「挲草」，犁田、播田、割稻都還不會，力氣不夠。那時我沒有做很粗重的農事，但是挑稻子去米廠這工作是要做的，我很好勝，看人家挑一石稻子，我挑不動一石也要挑九斗，硬是要跟上人家，有時候一路上歇兩三次也硬撐。年輕時我實在很好勝，看人家鄉下人都是一石一石的挑，自己挑少了覺得很「見笑」（丟臉），硬撐到體力的上限了。

　　放牛就比較輕鬆，把牛帶到草埔讓牠吃草。牛平常很溫馴，牛脾氣發作起來，我們小孩子是沒辦法的。有一次兩頭牛相鬥，牛角都纏在一起，幾個大人費了好大力氣才把牠們分開。牛也和人一樣，彼此看不順眼的，每次碰到就要鬥，放牛的孩子知道哪頭牛和哪頭牛不對頭，都會避免讓牠們碰在一起。牛除了

吃草，還喜歡在泥沼裡打滾，身上常常都很髒，不過放牛的小孩子不顧牛身上的泥巴，還是喜歡騎牛。有一次我騎著我家的牛，那頭牛忽然狂奔起來，我緊緊抓住牛繩，怎麼也煞不住，最後我滾落在地上，差一點就掉落旁邊的池塘裡，真是驚險！

莊：小時候您很受到阿公阿媽的疼愛，請您談談和阿公以及父母親相處的情形。

李：我阿公的脾氣很好，我沒有聽他罵過人，有時候講講我阿媽或我爸爸、叔叔時，只是說：「你這個人——」，不曾說過難聽的話。如果小孩子調皮不聽話，他也只說：「叱——」。我叔公的脾氣也很好，我記得只聽過他罵：「可擬卡啊！」，我不知道那是什麼意思。鄉下人「譙誶力譙」（罵髒話）是很平常的，可是我卻不曾聽阿公或叔公那樣罵過。

　　我從祖父和父親的身上學到了「自己吃虧不要緊，盡量幫忙別人，不要佔人便宜」的身教。我在一篇文章寫過：日本軍營佔用到我們家的柑橘園，日軍撤退時，把一些軍資拿來要便宜賣給我阿公，我阿公並不會想要做生意再賺一手，而是叫「莊頭莊尾」來買，他們沒錢，我阿公還借錢給他們。我父親在農會做事，後來農會倒了，他想辦法把他招的存款戶，一

個一個照他們存款簿上的數目頂過來。過了好幾年，農會根本無法兌現，後來臺北縣政府派邵恩新代理農會總幹事，才開始整頓，錢才能領。之前我父親有三、五年繼續上班，沒領薪水，還自己籌錢收回人家的存款簿，整頓之後才領到錢。我父親就是這樣的個性。

身教確實很重要，當然他們沒有教我要這樣那樣，不過我自己看也知道要怎麼做。還有，別人「謳樂」（稱讚）阿公和爸爸，我們會想：自己也不能讓人家看不起。我堂弟也一樣，他淡水工商專科學校畢業，到農會當股長，他說聽到農會裡面或外面莊稼人大家都「謳樂」我父親，就覺得大家都稱讚阿伯，自己也不能漏氣。所以，別人的稱讚也很重要。

我母親雖然沒讀什麼書，但是對孩子的教養很注重，經常告訴我們要有長志，不要讓人家看不起。

莊：您的祖母會講故事給您聽？

李：她講來講去就是〈虎姑婆〉、〈蛇郎君〉那幾個故事，後來我都會背了，有時候她累了，我還可以講給她聽呢！

莊：您的名字是祖父取的？

李：是我外公取的，「魁」是固定的輩份，「賢」是我外

公取的。我外公讀了一些書，我哥哥「魁煌」，我「魁賢」，我弟弟「魁耀」、「魁榮」都是我外公取的。我大妹叫「雪真」也是我外公取的，二妹、三妹是我父親取的，叫「雪珠」、「雪華」，就比較俗了。

莊：您阿公不會計較說應該讓他為孫子取名字嗎？

李：不會啦！可能我外公讀書比較多，也因為我們當時住在我外公家的關係。我小時候在外公家，外公來往的人我不清楚，那時候太小了。我外公過世時已經是戰後，我讀初中，但是我們已經搬回淡水了。印象中，我外公來往的有很多文人，還記得有個叫「毛蟹師」的，很會畫毛蟹，小時候我外公的客廳有一幅滿大的水墨畫，畫了十三隻毛蟹，各種姿態。和我外公交往的，有一些這類的朋友。有一次我在牯嶺街看到一本日文的《士紳錄》，裡面有我外公的名字許智貴，也有簡歷介紹。那本書我沒有買下來，現在想起來，應該買下來才對。我外公有一個兒子到日本好像是學化工的，戰後回來找不到工作，就做肥皂，用我外公的名字，叫智貴牌肥皂，後來被人家罵：「你怎麼用父親的名字做肥皂的牌子！」我外公當過林本源的管家，後來自己創業，擔任日榮商事會社社長等職，也做過臺北市州協議員、臺灣總督府評議員。我有個印

象：家裡經常有人在打麻將。我外公都是穿得很整齊，他都是穿吊帶褲。

　　我外媽吸鴉片，吸鴉片必須躺著，我母親會幫她裝鴉片丸，氣味很香。我哥哥和我外媽的關係比較好，因為他是長孫，比較受寵。後來我們就搬回鄉下了，我外媽也會回去鄉下，她和我阿公是堂兄妹關係，所以鄉下有什麼事情，她會回去。她有纏足，走路很慢。有一次我外媽回鄉下，我看到她走到外面水池時，聽到我一個阿伯拿著手杖、穿著硬底鞋叩叩叩走過來的聲音，又聽到有人在叫他，我外媽不想見他，趕緊要走進樓仔門又走不快的樣子，讓我留下深刻的印象。

讀　書

莊：您小學先讀太平國校再轉回淡水的水源國校？

李：對，水源國校在淡水到我鄉下老家的半路上。水源國校是我們李家捐出來的土地建校的，我們李家捐地的事情是張條圳老師辦理的，因為這件事他記功一次，

所以他很高興。現在學校附近還有很多地都是我們李家的，但是因為長久沒有整理，被人佔用，討不回來。後來我們祭祀公業完成登記，現在已經有權利去催討。

我們疏開回淡水時，有幾個鏡頭現在還記得：我剛回去時是小學二年級，張條圳老師當導師，我進去他的班，他向同學介紹我是「新しい生徒」（新來的學生）。還有一個鏡頭：我回去淡水不久，有一天，我母親和我阿姨（也是領養的，但是和我母親有如親姊妹）回鄉下經過學校，到教室來看我，我看到母親，趕緊轉頭，不敢讓同學知道那是我母親。後來我母親跟老師說要找我，老師才叫我出去和母親見面。那時小孩子不知道是什麼心理，我也搞不清楚。

我讀小學時都是張條圳老師當導師，他是我們淡水人，師範學校剛畢業就回來教書，一輩子在家鄉教書，直到退休，八十幾歲才過世。張條圳老師是個鄉下老師，卻那麼有眼光，那時就一直鼓勵我們讀工業職業學校，他認為台灣將來建設，很需要工業人才。可能這個觀念一直存在我心裡面，所以，初中畢業保送師範學校，我沒有接受而去報考工專。當然張老師是叫我讀土木，我沒考上第一志願的土木，而考上第二志願化工。

莊：那時候您父母對您要讀什麼學校，不會有意見？

李：對，我父親不大會干涉我們的志願，我母親沒讀什麼書，她只要我們努力讀書求上進，但是要走什麼路，她也不知道啊。——有啦，我父親一直希望我哥哥和我讀師範學校，尤其極力主張我哥哥讀師範。但是我哥哥的個性不太聽父母的，所以他硬是不要，而去讀淡江中學，畢業後考上師範大學。我父親的意思，主要是因為師範不用學費。輪到我的時候，我父親仍希望我讀師範，我沒有興趣，他也沒有勉強。可能還有個原因，我小時候成績不錯，有個族伯（我外媽的一個姪子）常常會來我們鄉下，和我母親說，要讓我去讀醫學。以前讀書成績好的大都學醫，因為當醫生比較賺錢啊。可能這也有一點影響，讓我父親不勉強我讀師範。

我現在印象最深的是，工專筆試錄取之後，接到口試通知，之後又接到師大附中筆試通過、口試通知，那時就考慮要讀哪一所？要來附中口試那一天，我來到淡水街上送便當給我父親，他把工專口試錄取通知交給我，我想工專已經錄取，有學校可以讀了，就沒有去附中口試。我姨丈在臺北一直等我，要帶我去附中參加口試，我沒有去，後來被他罵慘了，他一

直主張我要讀大學。坦白講，沒去參加附中的口試，是為了省一張車票錢。

　　為了省車票錢，我再講一個笑話給妳聽。我初中三年級時，得到縣政府模範獎，必須到板橋領獎，校長告訴我那一天教務主任會帶我去縣政府領獎，但是並沒有說要幫我出車票錢。我回去跟我母親講這件事，沒錢買車票，也不知道學校會不會出車票錢，我母親就叫我問學校看看。小孩子不會問，只跟校長說我不想領獎，校長也沒有問我為什麼不去領獎，就很生氣地說：「你不去？我有辦法。」意思是有辦法治我。當時的心情就好像從上面掉下來，也不敢反抗。回去跟母親講，她也只好去想辦法了。

　　那時為了省錢，淡水開始有公路局的車行駛以後，我仍然走路上學，一段時間後才開始坐公路局班車。現在想起來，那時候連車錢都沒有，真的很辛苦。

莊：以前大部分的人都是這樣，就比較不覺得苦。

李：對啦，當然大家都苦。不過，通車以後，我們鄉下孩子大家都坐車，只有我們幾個還繼續走路，我們那時候家庭經濟確實很不好。

莊：那是初中時期？

李：對，初中導師黃錦鈜老師現在還在。黃錦鈜師大畢業
來淡水初中教書的第一年就當我們的導師，他很嚴
格，課文，尤其文言文，都要背。還好我那時候記憶
力比較好，都可以過關，外省小孩國語比較好，懶得
背，反而不能通過，黃錦鈜就用鞭子打手心，很兇！

莊：您都是利用上下學的路上背書？

李：對，跟我哥哥學的，我哥哥在路上背英文字。可能我
對文學比較有興趣，看到報紙副刊，就沿路邊走邊
讀，那時路上車子很少，不用擔心撞到車子，只怕踢
到石頭而已，踢到的話，腳很痛。那時看書看得很瘋。

莊：您那時候背的文章有沒有印象深刻的？

李：坦白講，那時對漢字瞭解很少，尤其文言文，可能一
個字一個字查字典是懂意思，整句就不知道意思了。
黃錦鈜當然會解釋，但是不會詳細解析，對於句子的
關連性還是不瞭解。所以，現在我能記得的很少，倒
是有一篇胡適的文章引用范縝的〈不滅論〉。還記
得，那篇文章提到，人與社會的關係，胡適說到一個
人如果吐一口痰，細菌在空中飛揚會影響別人的健
康。此外，〈陋室銘〉裡面「山不在高，有仙則名，
水不在深，有龍則靈」，最後一句「何陋之有？」

這幾句還記得。還有一篇「施人慎勿念，受施慎勿忘」、「柔弱勝剛強」幾句還記得。

讀工專時，感覺文學方面的修養，需要有文言文的訓練，所以自己閱讀《古文觀止》、《白香山詞譜》、李白的詩等等，《國語日報》的《古今文選》也買來看。那時是很認真閱讀，但是現在回想起來，其實古文對文學的創作和生命，不一定有什麼幫助，百分之九十九點九都忘記了，但是古文的思想內涵，可能會有幫助，譬如我剛剛提到的〈不滅論〉，或是「柔弱勝剛強」，內涵意義是記住了，因為有意思、有哲學思想，但是語言本身是記不住的。

當時讀的古書，我常常提到的是《羅通掃北》那幾本，其實不只那幾本，我比較有興趣，而且比較記得住且影響較大的，應該是《東周列國誌》和《封神榜》，《封神榜》有神話故事，神話故事對文學創作是一個空間很大的東西。其他還有很多，包括《七世夫妻》、《孟麗君》、《七俠五義》等等。至於鄭證因的武俠小說，是一部一部的，一部十本、二十本，連續下去，書名可能不同。有一系列武當派和少林派的故事，我看很多。對創作來說，武俠小說最沒有營養，但是故事性很有趣，像血滴子的故事，人死了用

藥點下去化成一灘血，想像力實在豐富，有的甚至牽涉到野史，包括清朝皇帝的故事，還有呂四娘的故事。我看的武俠小說，還寫到有個鏢局的黃總鏢頭押鏢銀到諸羅（嘉義）來的故事，很有趣。

　　我工專時最著迷的是編《野風》的師範，他有一長篇小說《沒有走完的路》，內容是他們撤退到台灣來，書名叫「沒有走完的路」，意思是他們還要回去。當時長篇很少，這篇小說出來時，很轟動。那時我還做過一件很浪漫的事。師範在《野風》登了一個啟事，說他現在寫了長篇，需要助理幫他謄稿。我居然寫信去應徵，也沒有考慮到自己的字很醜。當時的文人比較客氣，師範還寫了一封信給我，說不麻煩我並向我道謝。其實真的要幫忙謄稿也有困難，我自己的功課就很忙了，不可能再去謄稿。因為這個機緣，後來我寫了小說，曾寄去給師範看，他幫我改，而且改了很多，並詳細說明。那時我只是個無名小卒，他肯這樣用心幫我看稿、改稿，現在的人很少有人有這樣的耐心了。

　　現在想想，自己那時候真浪漫。哈哈哈！

莊：您文章裡提到，初中時在課堂上看《女人百態》，被老師發現，那是什麼樣的書？

李：那本書應該是上海鴛鴦蝴蝶派的言情小說，是一個外省籍同學在自修課時拿給我看的，我才看了幾行，就被英文老師李家緯（後來成為黃錦鈜的太太）發現。我印象最深刻的是，她拿起書看了幾眼，就把書還給我，滿臉通紅。她告訴我：「為什麼不讀《小婦人》？」後來我就去找《小婦人》來看，也看了《情感教育》。我閱讀翻譯小說是從那時候開始的。她是英文老師，當然讀過一些外國作品，所以她會這樣告訴我。那時我是一個初中的孩子，根本不知道外面有什麼文學作品，經過她點破，我就會去找來閱讀。

其實那時我還看到一些三〇年代的中國作品。我哥哥早我三年讀初中，那時初中沒有統一教材，商務印書館、正中書局、中華書局都可以出教科書。我哥哥讀初中時，可能各書局的教科書不夠，他有讀到國語推行委員會或什麼單位出的書，裡面有老舍、魯迅的作品，我還記得在哥哥的教科書裡讀到魯迅的〈孔乙己〉。

莊：哥哥的書您也拿來看？

李：我從小就是愛看書，拿到什麼書就看，這個性到現在還是一樣，雜書看很多，沒辦法變專家，只能當創作者，不能當研究者，研究者不能想看什麼就看什

麼，需要看的就一定要看。我不是這樣，愛看的才會看。所以，後來讀到林語堂的作品以後，很欣賞他，他主張興趣主義，隨手拿到一本書就看，有興趣就看下去，沒興趣就丟掉。林語堂的書我看了不少。有一段期間也很認真看胡適的書，後來發現胡適不是我心目中的偶像，我覺得他思想很落後，他都是抄別人的東西，並沒有什麼多大的先見。但是初中時讀胡適有很大的啟發，譬如剛剛講的他對范縝〈不滅論〉的觀點，我讀了之後接受到他這樣的思想。

　　初中時讀過老舍、郭沫若等等作家的作品，所以到工專以後，到圖書館借一些三○年代的書來看，老舍的《駱駝祥子》就是那時候讀的。初中時讀書很雜，沒什麼人指導，雖然黃錦鈜、李家緯多少點出有興趣就要多讀，但是並沒有指導我要讀什麼，甚至提供什麼書給我看，並沒有。但是初三時有兩位老師不錯，一個是生物老師，還有一個淡水人來教我們美術的鄭遠揚老師（後來到稻江家職，做到代理校長）。鄭老師有一次在他的宿舍貼一張海報，說他在賣《哈里，我是純潔的》（施翠峰翻譯的一本日本小說集），我就去向他買了那本書。那是我第一次接觸日本文學，印象最深的是，裡面一篇芥川龍之介的小

說〈蜘蛛〉，內容大意是：一個好人掉到懸崖，佛祖放下一條蜘蛛絲救他，他抓住了那條絲要爬上來，卻看到下面還有一個人也要抓那條蜘蛛絲上來。他發現這條絲只能承受一個人的重量，如果兩個人都抓這條絲，他會再掉下去。於是他就把下面的絲斬斷，讓下面那個人掉下去，他想自己得救就好。如來佛在上面看到這一幕，搖搖頭，認為這個人只顧自己，沒有博愛心，不能救他。

莊：那是短篇小說集？

李：對，大概有十篇左右的短篇小說，都是日本人寫的。那是我初中時接觸日文小說的起步。

　　我初三時開始發表詩，同學忽然發現我會寫詩，尤其外省囝仔本來中文很好，看我一個本省囝仔作文都寫不好，怎麼有辦法寫詩？後來我在外面發表詩，班級轟動起來，編壁報時都會叫我寫詩。

莊：您初中時除了上課以外，其他的生活情形？

李：很單純，因為我都是走路上下學，早晨天還朦朦亮時就要出門了，大概要走六、七十分鐘才到學校。那時大部分都打赤腳，一雙鞋子可能必須穿好幾年。記得當時回力牌的鞋子，鞋底很快就磨損了，所以捨不

得穿，赤腳到學校，腳洗一洗再穿上鞋子，也沒有襪子。下課又脫下鞋子，赤腳走路回家。四、五點下課，到家已經六、七點了，冬天的話早就天暗了，夏天也快暗了。在學校上課以外，很少留在學校做任何活動，也不可能到淡水街上遊蕩，因為時間不夠。所以，對淡水街上我不熟。但是，初中以後我開始打籃球，因為有體育課，中午休息時間幾個朋友相邀去打籃球。還記得有時候夏天早一點回家時，經過水源國校，有軍人在打籃球，會找我們一起打球。有個軍官教我打籃球的基本動作。但是也沒辦法打很久，大概十幾分鐘天暗了，就得趕緊回家。

那時學校生活除了讀書以外，沒什麼其他活動，也不可能有什麼美術班、遊藝活動。還記得學校操場要鋪水泥，學生必須去淡水河邊搬石頭，我們學校是在山上，到淡水河邊路程相當遠，一趟來回需要幾十分鐘。那等於是勞動服務，有時候搬一趟就一節體育課。那個操場做很久才好，學校可能沒錢，學生自己搬石頭來做，最後才請人來鋪水泥。

此外，在學校還看到幾個老師談戀愛，黃錦鈜和李家緯以外，還有廖蒼松，他一畢業就來淡中教體育。有個音樂老師陳愛昭，有時廖蒼松教陳愛昭丟籃

球，陳愛昭則教廖蒼松彈鋼琴，最後他們兩人結婚了。

有一個鏡頭，我現在還記憶深刻。那時有兩個代數老師，一個是李啟楠，頭腦不很好，可能是日本時代中學畢業當代課老師，就一直代課下來。還有一個張老師，十幾年前他辦旅行社，我曾經委託他辦出國手續，由他帶團出去，他跟我那些寫詩的朋友說，那時候我的代數很好，他教代數演算時都要先問我，如果和我的答案不同，他就自己再核對一遍。有一次我送簿子到辦公廳，看到這兩位代數老師在討論一個單位換算的問題，兩個都搞不清楚，生物老師和美術老師在旁邊偷笑。這個鏡頭我還記得。

還有一個教幾何的老師，每次演算不下去了，就叫我起來問，然後再繼續算下去。他非常信任我，批改作業，如果沒有發現我的簿子，他就到教室來，他不是說：「李魁賢，你的作業還沒交。」而是問：「誰到我的辦公廳把李魁賢的作業拿走了？」他信任我到這個程度。他是山東人，講話腔調我聽不大懂，很兇，但是對我很好，因為他相信我什麼都會。

我小學時數學就很好，小學時李永書（族叔李永沱的弟弟）在我們學校教數學和算盤（珠算），他教算盤時，一大串數字相加，如果我的答案和他不一

樣，他就再算一遍。我從小數學就不錯，所以在學校裡面，代數、幾何都難不倒我。歷史、地理則沒有概念，我都是用「暗記」（背）的，很困難。地理老師邱令綺很認真，她教到哪一省，不用看書，隨手就可以畫出那一省的地圖。最怕的是國文，所以不得不去看課外讀物，實在是逼出來的。

那時我抓到什麼就看，報紙副刊也看，而且把文章剪下來貼在一本用過的週記簿上。

莊：您那時剪貼的報紙副刊，大概都是哪些作家的作品？

李：我剪貼最多的是副刊的頭篇，小說為主，比較長。幾個作家的名字還記得，五〇年代較有名的女作家如張秀亞、張漱涵的文章，應該都有剪貼。那時我剪貼的主要是《中央日報》，在《中央日報》上面發表得最多的就是這些作家。

莊：這本剪貼簿還在嗎？

李：沒留下來，也不知道什麼時候失落的。

從小我就有收藏東西的癖好，包括國民學校到初中，尤其初中，獎狀一大堆，差不多每學期都有獎狀，還有畢業證書，我都收藏得很好，裝在一只學生時代就使用的皮箱裡面。後來從南港搬到臺北我父親

買的房子，之後我自己買了房子搬出去後，這只皮箱就不見了，所有的證書都在裡面，都失落了。有一年我想去美國留學需要中學的證書，只好再去初中申請一份成績證明單，我初中一年級到三年級的成績，總平均96.5分，算不錯了，每年都是第一名。

莊：第一名有什麼特別的感覺？

李：習慣了，因為我從國民學校就都是第一名，感覺很自然，不覺得興奮。第二名和第三名和我都有一點差距，都沒有贏過我。

莊：您成績這麼好，阿公、阿媽，或是爸爸媽媽對您有什麼期待或鼓勵？

李：我母親常常會鞭策我要有「長志」（志氣）、要認真、做給人家看等等的鼓勵。我們要讀書，父親都盡量供應，再苦也去籌備學費，這就是一份鼓勵的力量，否則他沒錢讓我讀書，我就無法讀了。阿公阿媽差不多沒什麼鼓勵，因為鄉下人，雖然阿公讀過漢學，但是以前的人還是認為人工就是勞動力，並不會認為讀書很重要。他也送我父親去讀農業傳習所，那是日本時代為了改造地方農業生產技術的學校，不知道是不是後來我父親沒回鄉下，所以他覺得讀書也沒

什麼用。但是戰後我父親在農會找到工作，其實和他農業傳習所的學歷有關。我祖父的孫子很多，也沒辦法很支援我們再讀書，他認為責任在我父親，我堂弟他們的讀書，責任在我叔叔，他不必擔這個責任。我們考上什麼學校，也沒有感覺我阿公阿媽特別高興。當然，這很難講，「序大人」（大人）在外面是怎樣，我們也不知道。現在自己當「序大」才知道，我不曾在我的孩子面前稱讚他們，但是自己和朋友開講時，也會「謳樂」（稱讚）自己的孩子，很得意他們沒有學壞什麼的。我的兒子讀高中時，有一次被我罵哭了，他告訴我，他一直想要做得和我一樣好或比我好啊。但是我們不瞭解，只是怕他學壞。所以「序大人」的心情，我們不大知道。不過他們對於子孫沒有學壞，至少會覺得很安慰才對。

工作經驗

莊：您的詩和生活、工作都會有關係，請您談談工作經驗。

李：其實我開始工作時也有一些波折。我從馬祖退伍回來

就到中壢泰豐輪胎廠上班。但是工作了三個月就做不下去，因為工作環境很差，做輪胎必須用炭黑，整間工廠都是黑煙，而且私人工廠制度沒有上軌道，管理很差。我住的宿舍，有個公司的高級職員也住那裡養病，經常干涉我們，也不讓我們聽收音機，說會吵到他。我做了三個月就離開了。

回家休息一、兩個月之後考進台肥六廠。那時台肥六廠是台灣最新的全自動現代化工廠，很多人都想進去，不容易考進去。我在肥料廠做了七年多，薪水升得很慢，剛好卡林塑膠廠在找人，就和一個同事去應徵，兩個就去了卡林，薪水加倍，本來在肥料廠薪水一個月三千元，到卡林變成七千元，高興得很。

坦白講，我離開六廠還有一個原因。我是五年制工專畢業，底薪從九十元開始，大學畢業從一百一十元開始，這是合理的。問題是之後有一些不公平，不是學歷的問題。工廠裡面很多台大和成大畢業的都會離開出國去，反而是我們工專畢業的能夠留下來，漸漸升為主管，都是工專的人，所以不會受到學歷上的歧視，問題是個人的歧視，包括要升為主管一定必須是國民黨員，其次要和主管有特別關係，才會被提拔。我在南港七年的表現不錯，寫過工廠生產量從240

噸做到260噸的改良報告書，送到經濟部，得到嘉獎和獎金。後來又寫了一個改良壓縮機操作的報告送到經濟部公營事業成果報告，得到第三名，我得到嘉獎之外，有連帶關係的人都得到嘉獎。經濟部下來的公文是：「予以記功或記大功。」但是公司只給我記功，記功和記大功對公司來講沒有什麼差別，但是對我的影響就很大了，公司卻不肯給我記大功。這是其一。

後來肥料公司派我參加經濟部招考的哈佛大學「Operation Research（作業研究）」進修班考試，考上了可以去哈佛大學訓練一年。都是國營事業人員去報考，肥料公司派我和七廠一個主任去考。我考上了，七廠那個主任沒考上，但是公司卻沒有正式通知我，是公賣局和中油、台糖公司考上的人，打電話聯絡我，我才知道我考上了，我去問秦爾式副廠長，副廠長問了公司之後，沒有跟我說有沒有考上，只說：「下次還有機會。」我就知道被搞掉了。原因是七廠那個主任沒考上，但是公司要讓他去。肥料公司有個不成文規定：一定要讓一級主管出國。假使這個主管這次沒考上不能出國，公司就必須出錢另外讓他出國。現在讓他出去，等於經濟部出錢讓他出國，公司不用花錢，因此把我弄掉了。

那時我也不在乎，不給我這個機會就算了。副廠

長對我不錯，因為這件事，六廠要去瑞士做擴建計畫時就帶我出去。一方面他知道我做事認真，也知道我那時在讀德文，在瑞士的工廠是德語區，所以帶我出去。我在瑞士也做得不錯，很多在那裡做的報告，廠長看過後批示：「Well Done」。想不到回來之後，發現廠裡已經把我從值班主管兼代副主任調到技術課擔任製法工程師。那時我很生氣，我人在國外才三個月，等我回來再調職也不慢啊。那一年我的考績變成乙等，副主任這樣對我說：「你有出國機會了，甲等就讓給別人。」我很不服氣，我表現好考績反而乙等，別人沒有出去竟變成甲等，這樣的考績有什麼意義？我再待下去是沒什麼希望的了。

　　所以，我出國回來六個月之後就離開了肥料廠。

　　到卡林之後，不像六廠的管理那麼上軌道，工廠又找來外國一個銀行家來當總經理，管理得很亂，找亞航的人來當廠長，不會管理工人，好幾次被工人攔在路口毆打，我當副廠長，上不上下不下，也沒有辦法。我一個六廠的同事和我一起去卡林，他比較會捧廠長，我不會捧，廠長就整我，工人要領東西，經過我批的都不准，我那個同事批的才准。其實那些東西是必須要用的啊！我知道他是在整我，所以我也待不下去，六個月就離開了。

六廠的副廠長那時在南僑當顧問，知道我們兩個離開卡林，就來找我們去南僑，我那個同事去了。我跟副廠長說，我在工廠待倦了，想到外面闖天下。先到聯合設計公司之後，轉到台灣國際專利法律事務所，因投資專利開發受騙，兩個股東拆夥，三年後我就離開國際專利事務所，和幾個朋友成立智慧國際專利商標事務所，做了兩、三年，覺得步調不一，因為有的人並不專心在事務所，還兼課做種種其他的事，我心想還是自己做吧。1975年，創辦名流企業公司，只有我妹妹幫我，沒有僱用別人，做了三十年，都是一個人在做，到2003年才結束。那時候有個想法：人很難相處。我常常開玩笑說，我在六廠當值班主管時，下面管三、四百人，到卡林塑膠廠當副廠長時，管一百個人左右，到專利事務所升到副經理時，下面的職員大約十個，出來辦智慧專利事務所當副所長時，屬下剩三、五個，我自己辦專利事務所時剩下一個，我自封總經理，頭銜越來越高，公司越來越小，越管越萎縮，哈哈哈！

莊：人真的很難相處。

李：很難相處。所以，那時候我就覺得過得去就好。我出
　　來開公司時才三十八歲，已經沒有長志了，不想發

展事業。和朋友設立專利事務所時，野心最大，想要一年發展一家公司，多角經營。所以，第一年成立事務所，第二年就出《發明天地》雜誌，第三年準備成立貿易公司。但是大家步調不一致，第三年我就離開了。離開之後，覺得人生過得去就好，做一些「快活」（輕鬆愉快）的就好。後來台灣省發明人協會常常要出國參加發明展，叫我幫忙，我時間上很自由，大都可以出去，所以比較有機會跑國外，又不必我自己出錢，那時若要自己花錢出國，也沒那個經費經常出去。我參與發明人協會前後九年，出國成了習慣，以後就自己出國旅行，到處亂跑。

莊：您多年帶團參加發明展，有什麼特殊的經驗？

李：講起來黑天暗地，很麻煩。簡單講，台灣人被中國文化侵蝕到人心都亂了。一個簡單的例子，我們去國外參加發明展，外國發明人來參加都是規規矩矩的，得獎當然高興，不得獎也無所謂，因為展覽的目的是專利可以賣出去，不是要得獎。台灣人出去則是要得獎，當然得獎有他的目的，譬如得獎回來會有宣傳效果，所以期望得獎也是人之常情。評審宣佈之後，外國人如果得獎，把得獎證書掛在攤位，表示得獎。台灣人不是這樣，沒得獎的就不高興，當場發飆。有一

次標準局局長跟我出去，「憨面憨面」（傻傻的）跟我說：晚上我們要慶功宴。我說，慶功宴上絕對會吵架。不過他已經講出去了，還是舉行慶功宴，果然大家酒一喝就在那裡鬧。未得獎的不高興，這我們可以理解。得銅牌的不高興，他說為什麼別人得金牌、銀牌，我得銅牌？得銀牌的不高興，他說為什麼別人金牌我銀牌？令人想不到的是，得金牌的也不高興，他說他們憑什麼得牌？在他心裡最好只有他一個人得金牌。台灣人是這麼壞心眼，讓人看了很「怨嗟」！

不過，我遇到一個最讓人「感心」的人，他是老蔣的侍衛出身，那時已經七十歲了，發明一個腳踏車加速度踏板參展。在宣佈之前他就告訴我說：「我自己得不得獎無所謂，但是我們團體得獎多一點才好看。」結果他沒得獎，他一點都沒吵，我很感動，外省人也有這樣的，很感心。有一個郵局的高級職員最亂，他的發明在國內評審時分數很高，得金牌獎，到了國外展覽時，大家來看了也很欣賞。他發明的是一種郵資機，自動賣郵票的機器。其實這種機器外國很多，好幾年前六廠派我去瑞士三個月時，看到各地方都有郵資機、自動販賣機啊，他發明那個不是怎麼了不起。那次是在紐倫堡展覽，他自信滿滿，很多人看

了也覺得很有趣。其實展覽時大家覺得有趣和得獎不一定有關係，趣味是大眾的感覺，得獎是人家對你技術的程度的評價。他自己覺得一定會得獎，評審結果他沒得獎。頒獎後，展覽結束了，第二天早上我們全團坐上車要去機場了，他不肯走，上車不准車子開去機場，他要去現場和人家理論。沒辦法大家只好叫司機載回會場，到達會場時，看到會場已經撤了，他才甘願回來。

　　所以，我帶了幾次之後，覺得「清心」（寒心）就不想參與了。

莊：您年紀還不算老，怎麼就把公司結束了？

李：從1975年我創辦名流企業公司開始，我大妹一直在我公司幫忙，三年前她說要退休，我也不想再請人，去年就結束了。以前我一直都和三毛的父親合作，他的專利案件都是我在辦。我的案件則用他的名義代理。三毛的父親過世之後，她弟弟接手，我們還是繼續合作。去年我公司結束以後，國外的案件都轉移給他，我只幫他做翻譯，拿翻譯費，沒有助理沒關係，算是退休後的「老人工」，也滿自由的。

莊：您翻譯的都是那一方面的？

李：都是專利說明書。以前自己辦的時候比較麻煩，國內
　　不准的話，就要譯成外文寄出去。現在這些事情都由
　　三毛的弟弟處理，我只是將外文的說明書譯成中文，
　　打字也是他的事情，我只做翻譯，變成翻譯機器。
　　哈哈！

莊：案件多嗎？

李：做不完。今年生意特別好。往年我自己的案件以外，
　　幫他辦六、七十件，還可以應付。去年我公司結束，
　　幫他辦的也差不多六、七十件，所以就比較有空閒的
　　時間，有時候上班時間也在看書。今年到現在已經辦
　　了差不多一百一十件，我桌上還積有二、三十件未
　　辦，辦不完。

莊：都是從英文或是德文翻譯？

李：大部分是英文，現在我不再接德文的翻譯，因為德文
　　花的時間比較多，再加上德文的工具書缺乏。翻譯專
　　利說明書很需要工具書，因為各種科技不同，化學、
　　紡織、電器我比較熟，生物化學、基因工程這些新的
　　東西，台灣很缺這方面的工具書，有時候查不到那個
　　字，英文已經難查了，德文更難。所以，德國來的，
　　我要求再附上英文的說明書，我盡量用英文本為準，

這樣譯起來比較快。不過偶爾只有德文的,我也只好翻譯。日文的還好,工具書還比較有辦法處理。

莊:您接觸到的專利案件,範圍很廣?

李:範圍很廣,什麼東西都有,很麻煩。我做久了,比較抓得住「楣角」(要領)。還有,科技的文字用法律的語言表達,真是麻煩。法律的語言要模稜兩可。因為法律遇到糾紛時,必須解釋得通,能夠包括很廣,所以要模糊,不能很準確,準確就沒有退路了。科技則必須精確。這兩種不同的東西要容納在一起,很矛盾、很麻煩。

莊:為什麼會這樣?

李:這是整個專利的領域發展出來,變成一種很特殊的文體,法律和科技都要兼顧,各國都是這樣,漸漸就形成一種共通的語言方式。因為法律的語言太清楚的話,如果遇到侵權時,就沒辦法涵蓋,所以必須要有彈性。但是說明書還有一個特殊要件:說明書的表達必須讓任何一個內行人依照這個說明書能夠實施,才會准予專利,否則就認為你有「蓋步」(保留),就不保護你的發明,所以必須說明得很準確,讓別人可以實施才行。所以專利說明書是很特殊的,要準確又要模糊,發展出一種很特殊的不同的語言。很多人,

即使英文系出身的，剛接觸這個，也摸不到門路。我在台灣國際專利法律事務所時，招考新進人員，只拿最後的〈申請專利範圍〉讓他翻譯，有時一整頁只有一句話，如果有句點，那句話就斷掉了，而整個範圍是不能斷掉的，幾百個字就是一句話，斷句要能夠分清楚，否則抓不到意思，很麻煩。

莊：這種又準確又模糊的語言，和詩的語言有相近似的地方嗎？您長期接觸這樣特殊的語言，對您寫詩的思惟和用字有影響嗎？

李：這確實抓到重點。詩的語言同樣要兼顧準確和曖昧。準確，是因為要充分而適當表現創作的意念和心情，不多不少，才能顯得完整。但詩如果到如此完整即止，可能缺少了詩特殊性的想像空間，所以詩的語言要保持彈性，讀來有時會模稜兩可，也才會有餘味無窮。也許可以這樣說，詩的準確是詩想傳達的問題，而詩的模糊是語言象徵的層次。

莊：申請專利除了翻譯說明書之外，還有其他的事要處理嗎？

李：還有善後，如果申請不准，就要申覆。通知外國，外國指示重點，然後寫申覆書或再審查理由書。做這個工作，給我一個很好的訓練，就是能夠和人家論戰，

和人家辯論。這在文學上也有幫助，如果要論戰我很有把握，我可以找出對方的矛盾，我在《新台灣》所寫的文章，多少用到這個技巧，我都是找他們的漏洞攻擊，不是正面攻擊，而是用語言的花招去攻擊，其實這是從辦專利學到的一些「楣角」。

莊：能攻擊成功，除了技巧之外，主要還是要靠背後的實力做後盾吧？

李：沒錯。其實，我雖然不是讀法律的，但是在這一行受到很多訓練。有一個案件我很得意。外國來申請案件，已經申請獲准了，有人不同意，提出異議，要將它撤銷。我一看內容，確實我很難答辯，後來我一直找，讓我找到一項：我發現他引用法條錯誤。如果他沒有引用法條錯誤，我一定輸。所以我不就技術上和他辯論，而就法條和他辯論，指出他不能根據這個法條來挑戰這個東西。結果對方輸了。有時候我們會說法院很黑暗，其實不一定，是看律師高不高明，如果法律知識不夠，引用法條錯誤，明明贏的也會輸掉。法官審判時，不能告訴他：「你引用這一條不對，你要用那一條……」這樣會變成法官指揮訴訟，法官會犯法。他只能就你提出的法條來判定。所以，法律很好玩。

莊：您如果讀法律的話，可能會是一個很優秀的律師。

李：那倒不一定。我是因為做這個工作訓練出來的，如果真的讀法律，讀得「不搭不七」也說不定。

莊：我覺得有個基本原則：敬業，做什麼都很認真，把握這種態度，做哪一行都會有成就。

李：這倒是沒有錯。

寫作

小說與詩

莊：您以前寫過小說，後來怎麼沒有繼續寫？

李：有各種原因。我曾經寫過一篇小說投稿到《新新文藝》雜誌，得到佳作要發表時，那本雜誌卻停刊了，以後就沒有再寫小說。這是一個原因。之後工作忙，沒有時間寫小說，就以寫詩為主。有一段時間看過挪威作家湯姆生的一本農民小說《牧羊神》，用散文的筆調寫小說，沒有對話，故事情節也不一定很嚴謹，好像散文的方式去寫故事。我曾經學這個方式寫在一本筆記簿上，上課時不想聽課的時候就寫，大概寫了

一、二萬字。這本簿子我保留到1997年資料要捐給文學館時才丟掉，因為感覺不完整，也不成樣子。

莊：丟掉了？很可惜啊！

李：自己覺得那是不成樣的。我還丟掉另一篇以馬祖為背景的小說。我在馬祖十個月，當預備軍官。馬祖有官兵休假中心，定期有康樂隊、女青年工作大隊來勞軍，除了歌唱以外，就是和官兵打籃球等等。休假中心有個圖書室，書不很多，我在那裡讀了一些翻譯小說，包括高爾基的《母親》、巴爾札克的《高老頭》等等。冬天出太陽時，我經常躺在碉堡上面山崙的草地上看小說。

我寫的那篇小說，內容是女青年工作大隊一個團員來勞軍，遇到一個預備軍官（當然不是我，這是編的故事），是她大學時代的情侶，後來吵架分手。她來馬祖勞軍，兩人碰面後恢復感情，又開始來往。這篇小說我沒寫完，1997年資料要捐出去時，也把它丟掉了。我覺得沒有一個中心主題，只是想製造一個故事，而且故事也太通俗了，沒什麼特殊的創見，就把它丟了。那次為了捐出資料，整理時扔掉很多東西。

莊：您寫的小說得過佳作獎，如果繼續寫小說，可能也會寫出很好的作品。

李：也有可能，不過這都是很多機緣促成的。因為一開始發表詩就很順利，就覺得比較有興趣，對小說沒什麼信心，尤其被師範改過以後更沒信心。後來沒有這方面的訓練，不會編故事，越來越不敢寫。有時候我也會想寫，我在鄉下成長的過程，有很多故事，譬如「跳童（乩）」，有個人家裡服侍一尊「佛公」，本來他在田裡工作，忽然手腳洗一洗，說家裡的佛公在叫他，他要回家。果然，他回到家後，有人來請佛，他就隨著去「跳」，人家會問小孩或身體健康的事情，他就會講。這是很神奇的，我讀工專以後是不相信這一套，不過，我小時候親眼看過這個事情。

　　還有一個故事，有個人家領養了一個童養媳準備當他兒子的太太。這女孩長大以後很漂亮，那男孩卻是笨笨的頭腦不好，女孩當然看不上眼。附近有個男的，已經結婚了，不久才從南洋當兵回來，因為出過遠門，比較開明、比較「風騷」（風流），就去戲弄這個女孩，後來這女孩要嫁給他，這男的太太也不敢反對，把這女孩娶進門了。她生了一個兒子，經過了二十年，這兒子長大後，卻忽然發瘋了，怎麼醫都醫不好，最後那個父親結心自殺了。以前會說這是報應，當然這就看你怎麼解釋了。

　　鄉下農村很多這一類的故事，我也想寫。但是對

寫小說沒有訓練，也沒有發展，覺得自己不會編故事。雖然故事本身就很精彩了，但是那只是骨架，很多細節都需要去編，我不會編，就沒辦法了。

莊：詩和小說是不同的東西，有的可以用小說表達，詩沒辦法表達，有的則是用詩來表達較好。

李：是，因為表現方式相差很多。詩也可能編故事，所以我有一段時間寫的詩強調詩的戲劇性。其實戲劇性就有一點小說的味道，當然和小說的敘述風格不同。所謂戲劇性也包括轉換角度，我曾經嘗試用女性的角度來寫詩。有個巴西的女詩人（住在美國）把我的四首詩譯成葡萄牙文，印成一本折頁的小冊子。她譯完之後寫了封信給我，問我其中一首詩的抒情對象「he」是不是「she」的誤寫。我告訴她是「he」沒錯，我是轉換成女性的角度。當然詩的敘述方式和小說是不一樣的，小說可以用第一人稱、第三人稱，詩通常都是第一人稱，所以我就想辦法用第三人稱寫寫看。一般來講，用男性觀點所寫的詩，會顯得比較硬，用女性觀點來寫，可能會比較柔軟。我是想試試看男性詩人也可以表達比較柔軟的情感，《水晶的形成》裡面的詩，大約都是這一類的作品。

我也想過發展長詩，敘述詩或是詩劇，但是寫長

詩需要很大的體力，還有，要花好幾天時間，而且必須很集中精神。寫詩如果經過幾天以後，詩的張力和氣氛會漸漸不一致，所以我都盡量一氣呵成的寫法。譬如〈釣魚台〉那十首詩，其實是一個早上大概一、二個鐘頭完成的，開始寫了一首之後，感覺還有話沒說完，再寫一首，就這樣一個早上寫了十首。

我寫〈228安魂曲〉是有個機緣。有一次陳銘城告訴我游昌發想找228的詩來譜成清唱劇，叫我找這方面的資料給他。我找了一些我自己的和別人的詩給他，他說都太短了，包括我那一首〈老師不見了〉，他也說太短。後來銘城約我和游昌發吃飯，談了一個晚上，瞭解他的想法，我開始有了構想。回家之後，我想了一個禮拜左右，禮拜天回到三芝鄉下（我在三芝買了一棟房子，禮拜天都去那裡休息），那個早上開始寫了三章，其實只是有個想法要怎麼寫，還沒有整個架構。第一章〈寒夜〉寫受難者，第二章〈消息〉寫他太太，第三章〈呼喚〉寫他女兒。（寫完第三章後，我想還需要增加一個孩子，因為那時候只有一個孩子的很少，所以後來又增加第四章〈輪迴〉寫一個遺腹子。）寫了三章後想：今天寫三章夠了，下禮拜再繼續寫。我躺下來想睡個午覺，腦子裡卻一直有東西跑出來，就起來繼續寫。遺腹子寫完，再寫第五章

〈審判〉，亡靈回來說話，讓它產生一種戲劇性效果，最後一章〈安魂〉用詩人的身份講一些道理，做安魂的動作。就這樣一個早上寫完，寫了230行左右，最後修正調整為228行。

莊：這首詩有譜成曲子嗎？

李：只譜了第一章〈寒夜〉，到目前為止，〈228安魂曲〉只有朗誦。2003年2月27日晚上在228紀念公園朗誦，六章由五個人唸，廖宏祥唸第一章和第五章，邵立中唸第四章，另外兩個女生徐馨生和許嘉恬分別唸第二和第三章，我以詩人的身份唸最後一章。2002年台灣詩人節時在台南的國立文化資產保存研究中心（後來分出臺灣文學館）演出，效果不錯。前年在國家音樂廳游昌發作品發表會時又演出一次，這次效果較差。其中有一段槍聲，台南演出時是用五、六個人同聲喊出「槍聲、槍聲、槍聲──」，震撼力很強。在音樂廳演出時，不知道是因為音樂廳太大，或是唸誦的聲音力量不夠，沒有表現出那種震撼力。最後的鐘聲，我本來期待在音樂廳演出時，可以用真的鐘大聲敲出，結果並沒有。在台南演出時，因為那時只是個小型樂團，不可能有太多樂器，所以我沒有提這個意見。音樂廳演出是一百多人的大樂團，我想應該可以

用鐘表現，卻沒有。

（補註：後來柯芳隆把全詩六章譜成交響樂和合唱曲，
2008年4月7日在國家音樂廳首演。）

　　我也想過，乾脆把這首長詩發展成可以演出的詩
劇，其實架構都出來了，加上一些人物和細節就可
以了。但是，創作也要有驅動力，如果不是陳銘城跟
我說游昌發想找這樣的題材作曲，我可能也不會寫這
個。現在也一樣，如果有個劇團或有個活動，想要演出
詩劇，我可能會寫。現在沒有啊，會覺得沒有驅動力，
沒有逼迫的力量。因為平常很忙，也就沒有想到去做。

　　我領吳三連獎那天晚上，基金會請我們吃飯，黃
昭淵教授也在場，他問我：「台灣詩界有可能創作像
莎士比亞那種可以演出的詩劇嗎？」我說有可能啊，
驅動力的問題，如果要演出、有需要，就有人會創
作。所以，除了詩人以外，也有人期待能夠產生這樣
的東西。

創作高潮

莊：您寫作高潮大概是那一個時期？

李：應該是1997年到2001年，因為我在三芝買了一棟房子

之後，禮拜天都去那裡，寫了不少詩。

　　我在整理《李魁賢詩集》時，稍微注意一下，從1953年開始寫作到2001年這48年間，1997年到2001年約四年，佔48年的十二分之一，但是收入詩集的詩作有四分之一之多。以這樣的比例來看，這四年寫的數量很多。我想有個原因，我禮拜天去三芝，比較可以安靜寫作。2001年詩集出版之後，寫得較少。後來因為寫《新台灣》的專欄，禮拜天也都跑去那裡寫。

　　這樣算起來，好像只有1963年那一年沒有作品，到現在為止，沒有一年缺席。那一年沒有寫的原因是，我打算不寫了，覺得自己讀工程的應該在工程方面發展，「插」（參與）文學做什麼？又感覺自己文學素養不夠，所以想停筆。1964年《笠詩刊》創刊，來找我，我才又開始寫，之後就沒有停過。2001年以來，雖然寫得較少，今年也寫了四、五首，高潮時期一年可能寫五、六十首。

　　2000年施並錫要我幫他的五十幅畫配詩，給我一年的時間。我想試看看能不能用半年的時間完成，就開始構想，每次去三芝就挑兩、三張圖放在口袋。沒想到，50首詩在24天內完成，有過一天寫四首的情況。

莊：您那麼忙，還能夠不間斷地寫詩——

李：寫詩對我來說有個方便的地方，因為寫的時間很短。但是思考的時間比較長，開車、走路都在思考，有時候上廁所也在思考，想東想西。真正寫的時候，十五分鐘、十分鐘就寫好了。所以，對我來講，寫詩很方便。有一次，我開車從三芝回臺北，腦子裡不斷在思考，遇到紅燈時趕緊拿出記事簿簡單記下來。就這樣沿路一直想一直寫，回到家完成了五、六首，就是〈語言遊戲〉那一輯。所以，詩對我來講比較好處理，不必花很多時間，不像翻譯或評論必須集中時間至少一個鐘頭以上。以前我說創作好像吃鴉片一樣，吃上癮了。後來感覺是一種習慣，想到什麼，想要寫就寫出來。

這幾年寫得較少，是驅動力的問題。我想，《李魁賢詩集》、《李魁賢文集》、《李魁賢譯詩集》這三套書出版之後，如果再寫都是多出來的，因為我這四、五十年的努力都整理在這三套書裡面了，以後寫不寫都沒關係，因此就放鬆下來，比較沒有強烈慾望去寫，除非像〈228安魂曲〉有人要我寫，其他都是隨興。最近寫的〈蜜月高雄〉，就是因為高雄電台打電話來邀我寫，「湊熱鬧」一下。本來我想寫高雄港，有一次坐船出去遊港，印象很深刻。不過他們說高雄

港很多人寫了，我就寫高雄的街路，高雄現在的街路變得很漂亮。所以，〈蜜月高雄〉是被邀約而寫的。要有驅動力，有人要你寫，自己也想寫，就會寫。

我覺得要寫詩的慾望很要緊。為什麼1997年之後我每個禮拜到三芝會寫得較多？除了施並錫那個案子以外，《我的庭院》詩集裡面那幾十首詩，就是在那裡寫的。三芝的庭院裡面種了很多花，在種植當中，和那些花有了感情，我就想替每一種花寫一首詩。不過還有很多花沒有寫，因為發展不出來，沒辦法聯想到一個什麼焦點可以寫，就停了。

莊：您有好幾首詩是用動物來表現。

李：有，甚至有一段時間寫流浪狗，好像寫了17首。那時我家後面有很多流浪狗跑來跑去，平常看到沒有特別注意，有一天看到那些狗跑來跑去，快得像一陣風，意象忽然跑出來，就開始寫。開始寫狗之後，看到狗就會仔細觀察，有時吃麵時看到狗蹲在麵攤下面在看客人，有時晚上月亮出來，看到狗在人家的店門口，好像在坐禪。就這樣想東想西。有一次看到一隻狗被關在籠子裡面，通常籠子是關蛇的，怎麼變成關狗？於是想到冬眠的事情。這樣亂想，寫了一、二十首，覺得差不多了。剛好我要去非洲旅行，最後一首把狗

寫成神話裡面的神，把牠歸到神的位置，然後結束。
哈哈哈！

　　我都是這樣，發展了一段時間之後，感覺再寫下
去可能會重複，寫不出新的，就停掉。

莊：所以您的詩每個階段都會改變，不斷超越。

感情控制

莊：您曾經講過，詩要表達出真善美，「真」就是真情流
　　露，感情的表達要恰到好處。真情流露恰到好處要怎
　　樣控制？

李：恰到好處有很多種，第一是情緒的控制，就是盡量不
　　要直接表達，直接表達變成浪漫主義，好壞直接講
　　出來，那種表達一方面太落伍，一方面直接情緒上的
　　感染，對於現代用形象思惟來傳達的詩的要求和意義
　　不大相合。直接說出來只是情緒講出來，等於沒有轉
　　化。第二是表達的控制，就是你想要講的剛好講完就
　　好，沒有用的話不要講太多。沒有用的話講太多了，
　　閱讀的人精神會分散，再讀下去並沒有幫助。因為詩
　　需要濃縮，語言必須精鍊。第三是語言的控制，不需

要的語言不要用太多，講求精簡。大概是這幾方面的講究。

我比較強調真實，就是感受到什麼就寫什麼，不要為了語言而寫。很多人說寫詩花好幾個鐘頭寫不出來，那是思考不夠，真情還沒有深進去，就要拿語言來「湊」（接）。深情進去時，語言不是很重要，語言自然會表達。所以我現在的經驗，真的到達要寫的時候，語言就會跑來，不是設計的，而是語言自己跑過來。所以我常常勸年輕人，如果寫不出來就不要勉強，要再思考，看看是否思考的東西還不夠深刻。

莊：您說語言自己會跑來，那也和使用語言的嫻熟度有關？

李：沒有錯，那要靠訓練。我自己的經驗是，語言的節制很要緊，語言節制之後，語言的多義性，和語言明喻之外的意義會跑出來。我現在在《新台灣》寫專欄，有讀者說我寫的比較有擴延性和語言的包含性，其實這都是訓練出來的，不只是講究字面上的意義，還講究字面以外的言外之意。語言使用熟練之後，含意自然會跑出來，你會感受到應該使用什麼樣的語言最準確，其言外之意還有什麼，都可以掌握住。基本上那是一種訓練。而訓練，自覺最重要。要不是多年來我

自覺語言不能用得太揮霍，不必要的話不要講，或是不要講得太直接、太白，可能那種感覺就不會那麼敏銳。所以自覺性的訓練很重要。

文品與人品

莊：無論是詩或是小說，文學作品的文品和創作者的人品會相符吧？

李：應該是這樣。但是解構主義、後現代主義他們強調作品是作品，作者是作者，兩者沒有關聯，文本主義就是針對文本，和作者無關，所謂「作家已死」。我不大贊成這種說法。其實，創作是可以作假，一個生活墮落的人，有可能寫出道德高尚的作品，因為創作就是虛擬。一、兩部作品可以這樣，但是所有的作品就不一樣了。我演講時曾經講過，我們閱讀一首詩或是閱讀一個詩人，意義是不一樣的。一首詩，可能表達出崇高的道德，但是作者卻可能亂七八糟，而一個亂七八糟的作者，不可能一輩子所寫的作品都很高尚。人品和作品一定相關，這是很自然的，所以人格和文學風格絕對會一致，我們看一個人的性格和思想，去追究他作品內的思想和意識，絕對相符合的。

但是，文本主義和後現代主義一直想把作品和作家切斷，那是一種假藉口，因為這樣一來，作家本身的生活墮落就沒有關係了，他不必負那種責任啊。人品和作品不一致時，會有落差，一般讀者也是這麼認為。所以，社會上讀者對作家的認定是這樣時，作家本身不能自外於社會。

美感經驗

莊：寫詩時，美感很重要。您從小到大的美感經驗——

李：一定會改變，因為這和生活有關。寫作時採用的題材或是意象的塑造，都是從經驗來的。年輕時的經驗和年紀大時的經驗不同，年輕時有一些經驗可能比較單純，年紀大以後，可能有一些經驗較複雜。小時候沒看過的東西，不可能變成印象，年紀大以後的印象，可能會比較多面性，這是一定會改變的。但是有的作家從年輕寫到老，沒什麼變，可能他對原來那個比較有興趣，這和作家本身的興趣有關。我自己創作的經驗是比較喜歡變化，所以我的詩都是一個階段一個階段在改變，思考一個主題，集中寫個一、二十首，感覺沒什麼可以發展了，再寫下去會重複，我就會換一

個主題。換了主題之後，思考不同，新的觀點、新的表現方法會跑出來。包括語言我也會改變，譬如較近的《給台灣的後代》那系列，語言比較鬆，因為既然是給台灣的後代，後代包括很小的孩子，或是剛出世的小孩，所以語言不能太澀、太難理解，我就用比較「白」的方式。

《五月》詩輯同樣是比較近期的作品。五月是象徵台灣新時代的開始，阿扁仔接任總統之後，對台灣來講這是新的生命。五月詩輯一共寫了二十首，每一首都是二十行，就是5月20日阿扁總統接任總統的暗喻。所以裡面很多象徵的東西就比較隱喻，所用的語言沒那麼白，因為要隱藏政治意圖，要用意象，不要讓人家感覺這是政治詩，所以語言比較隱晦。我甚至會用情詩的方式來寫政治、寫台灣，看這些詩的人，文學程度比較高。《給台灣的後代》則不一樣，包括國民學校或初中、高中的學生都可以讀的。這兩個詩輯差不多是同一個時期寫的，使用的語言就不一樣。使用的語言改變，所用的音韻、文字處理當然就不一樣。

事實上，不一定只是年輕和年老的不同，有時候是階段性的，譬如有個時期我常常會用天空的意象。對我來講，天空是一種自由的象徵，或是一種比較不

受限制的空間。有個時期則「歷史」這兩個字常常會在我的詩裡出現，歷史，本身的歷史意識，或是我們本身的傳承——包括個人的傳承的時間性。陳玉玲曾經發表過一篇〈空間的詩學〉分析我的詩，我講評時談到我有「天地人」三個觀點的處理方式，寫作的時期不同，表達的方向和方式也不同。在思考某一個東西時，有一些固定的語詞常常會跑出來，所以我一個主題寫了一段時間之後，就要趕緊放棄，否則出現太多就變成重複自己。對創作者來說，重複自己是一種創作生命的終止。

莊：從小到大，您有沒有看到什麼美的事物讓您印象特別深刻的？

李：那是很多了，很難特定提出哪一個。後來我經常出外旅行，看到很多風景，尤其是新的風景。所謂新的風景就是我們的生活經驗沒有經歷過的、比較新奇感的，我會去注意那個。沒有出去時，我也很喜歡看畫冊，或者照相集，我也看英文《國家地理》雜誌。看多了會變成散焦，一下子想不起來哪些是印象比較深的。不過，看過的美麗事物還是有很多留下印象，譬如有一次去美國黃石公園的經驗。美國土地很大很空曠，有時候看過去一大片原野，沒有山，如果看到

山，都是石頭山，沒什麼樹木。有一次去黃石公園玩，回程時天暗下來，不久開始打雷、閃電，那閃電不像我們這裡看到的只有一條，而是整片好像放煙火一樣。還有一次坐飛機經過埃及沙漠時，有個很明顯的印象現在還記得：剛開始出太陽，一瞬間黑天暗地，那變化很快，本來雲的下面是暗的，上面是亮的，但是那雲是一層一層的。之後飛機鑽進風雲裡面，整架飛機搖晃起來，忽然間外面一片黑暗。

還有一次在埃及，一大早坐車經過撒哈拉沙漠要去看阿部辛貝神像。「透早」出門在沙漠看日頭出來，和我們一般看到的日頭從海或是從山出來不一樣。那日頭不是從沙漠慢慢升起的，而是離沙漠一段距離的地方突然出現，後來我有一首詩形容，好像人家在吹玻璃，忽然一盞亮光出現，那種經驗在別處沒看過。那一天晚上回來的路上還看到海市蜃樓。

以前我在馬祖南竿當兵時看過一次海市蜃樓，那時我在海邊往前面看，忽然發現北竿旁邊有樓房，海上怎麼會有樓房？就是海市蜃樓了。去埃及那一次也看到，車子明明在沙漠裡跑，忽然變成海邊，還有海灘和船，仔細一看卻不見了，等一下又出現了，那海灘很近，好像就在路旁邊。這種經驗都很特殊。

《台灣風景詩篇》

莊：您到歐美各地旅遊，寫了不少有關的詩和散文。在台灣旅遊的詩和散文比較少？

李：台灣的也有，我的文集收入《台灣風景詩篇》，有七篇有關台灣的詩，用散文再表達一次，那是教育廳兒童讀物小組要我寫的。以前我寫《昆蟲詩篇》、《飛禽詩篇》、《走獸詩篇》都是用別人的詩，我不大喜歡講自己的詩，因為寫成詩以後，意見已經表達完了。所以我用散文寫對別人的詩的欣賞，讓小孩子閱讀、瞭解那首詩。但是因為版權問題，必須徵求人家同意，所以後來的《花卉詩篇》和《台灣風景詩篇》都是用我自己的詩。《台灣風景詩篇》是從台灣頭寫到台灣尾，其實寫作順序是從台灣尾先寫，墾丁熱帶公園、七星山、太平山、玉山、日月潭……，每個地方寫一首詩，然後用散文表達為什麼寫這首詩、內容含意是什麼，並介紹地理環境。有關台灣風景的詩，確實沒有很多，這七首詩之外，寫淡水的還不少。

語言與寫作

莊：詩的內涵和美感是很重要的部分，不過，詩是用語言來表達的，語言也是滿重要的。您懂多種語言，在寫詩時是不是會增加豐富性？

李：對我來講，現在我表達是用華語最方便，畢竟這麼多年來，尤其是讀書以後都是用華語。生活語言當然是用台語，但是讀書免不了還是用華語，變成一種習慣。我也曾用台語寫詩，這有兩種情形：一種是我在寫的時候，發覺不得不用台語，如果不用台語表達，不會「好勢」（恰當、順當）。另一種是用華語寫完之後，為了發表或是要朗誦而翻譯成台語。

我發覺用台語表達和華語表達有所不同，目前我們所寫的台語，比較屬於生活語言，抽象層次的則無法表達，因為台語沒有語言教育。很多抽象的用台語表達時，一樣是用華語去轉化的。昨天我去高雄開會，明年三月將邀請諾貝爾獎得主沃科特來台，在台灣文學館可能會有一場對話，打算請沃科特、奚密（沃科特作品的翻譯者）和我，可能再請另一個人，四個人

來對話,題目本來訂為:「語言和認同」,後改為:「詩、語言和認同」。

　　語言的使用受到壓迫禁止使用時,故意要使用本土語言,那是一種意識的對抗。但是開放之後,語言沒有限制時,語言就變成一種工具。譬如我現在使用這種語言寫作,只是工具而已,沒有意識。但是過去叫我不能用台語,用台語要受罰,我故意要用台語,那是意識對抗。語言有意識時,是一種認同,沒有限制時,語言是不是還算認同?這幾天我一直在思考這個問題。現在不是我們去認同語言,而是語言來認同我們。沃科特的國家是南美洲的一個小島,是英語的殖民地,他不得不使用英語而沒有使用當地的語言,他後來到美國居住,那是英語世界,他堅持用英語而不用他的母語,但是我們不能說他不認同本國。這問題在哪裡?是語言認同我們,而不是我們去認同語言。以國際性來看,假使我用台語寫,我是認同台語,問題是:台語有認同我嗎?上次在台南討論時,有人說用華語寫的是對自己沒信心,是要寫給中國人看。我認為不是這樣,因為台灣人大部分也是看華語,不能說用華語寫就是要給中國人看。這牽涉到語言認同你,不只是你認同語言的問題。你全部用台語寫,國際化時,台語是不存在的,華語也不存在了,

因為譯成英語之後，存在的變成是英語，是英語認同你，不是台語認同你，也不是華語認同你。若是不能透過翻譯傳到外國時，語言是不認同你的，如果語言不認同你，你是不存在的，你寫的詩也不存在。而這認同牽涉到的是什麼？資本和權力的問題。目前全世界最強的是英語，以前是法語和德語，法語如果不認同，作家就不存在，德語如果不認同，作家也不存在。現在如果英語不認同，作家也不存在。全世界，包括諾貝爾獎，當然，寫作不是為了諾貝爾獎，但是諾貝爾獎一傳出去，全世界都會讀你的作品。語言如果不認同你，你就出不來。問題在這裡啊！

目前我在思考的是，台語繼續寫，出路在哪裡？台語本身如果能夠發展出一套很完整的系統，我們堅持下去，可能有出路，像以色列很多人用以第緒語，也可以走出來啊，以撒辛格的作品，有人自動把他譯成英語啊。問題是，我們的語言有辦法發展到高度受到人家認同嗎？得到人家認同，人家才會來翻譯啊！

一般人的思考都是：認同你的語言就是認同你的政治立場。但是，反過來講，語言如果不認同你的時候，你會變成怎樣？語言不認同你，你這個作家就不存在啊！當然，你也可以說有一些人在讀啊。問題是，你只是要寫給一小部分的人讀，或是要寫給較多

的人讀？現在有人主張原住民使用母語寫作，這我當然不反對，但是這樣會變成只有那麼一些人在讀，如果用華語寫，至少漢人還可以讀，若用他們的母語寫，就必須靠翻譯，問題是，有人要幫你翻譯嗎？或是你自己再翻一次？否則我們沒辦法讀啊！如果我們沒辦法讀，華語沒有認同原住民作家，我們就沒有辦法去認同他們，因為我們沒辦法透過華語讀他的作品啊。我覺得這個問題比較嚴重，但是現在還沒有人思考這個問題。（當然說不定有人有這樣思考而我沒有讀到，因為我讀的書不廣。）

認同，有時不只是政治，其實政治意識會化入內容，不只是語言。剛剛我也談到，譬如背誦古文，最後吸收到的是意識而不是語言。一樣的情況，我們讀一篇文章、認同這種語言時，其實是認同內涵的意識，經過翻譯之後，語言就不存在了。若要堅持台語，除非都不翻譯，否則譯成華語，台語不存在；台語譯成英語，台語不存在；台語譯成法語，台語不存在。人家讀的是華語、英語、法語的翻譯本，人家認同的是台語所表達的意識。所以認同的是意識，而不是語言。但是，現在提倡台語的人反對這種說法，他們說語言本身就是意識。我認為語言和意識這兩個是有距離的，經過翻譯之後，意識還存在，語言是不存

在的，所以不能把語言等同於意識。語言表達意識，語言不等於意識，應該是這樣。我會把這個問題再整理清楚，可能寫成文章發表。

2003年我第二次帶團訪問印度時，印度詩歌節主持人法魯定訪問我（中文稿發表在《文學台灣》第五十期），他同樣問我這句話：你有沒有用英文寫作？因為我到印度都要用英語和他們溝通，可能他們認為我可以用英文寫作。其實並沒有，不過我寫過三首英文短詩，因為他要我找看看有沒有英文的俳句，那時剛好在九一一之後，我用英文寫了三首俳句式的短詩給他，好像還沒有發表。此外，我沒有用英文寫過，英文寫作對我來講還不是習慣性的，寫作還是用華語比較習慣。

我倒是用台語寫過，我兩次得獎的演講稿：〈詩是啥物〉（榮後詩人獎）和〈社會責任心〉（行政院文化獎），起稿就是用台語。基本上我不太能接受現在他們用漢羅合寫的路——找不到妥當的字就用羅馬拼音字。其實像最近《台灣日報》週三文化版吳坤明都能把台語的字找出來，妥不妥當是一回事，但是他都能講出一番道理。用哪一個字較好，當然也可以再討論，以後大家再商量修正。文字妥不妥當是可以修正的，吳坤明的作法就是一種努力啊，他還用音韻學

的發展，找出用哪個字較妥當。當然他寫的我也有意見，因為語言有的是約定俗成，會變化。他是堅持原來的用字，那也沒關係，經過使用之後，文字還會再活過來的。我也努力過，把莎士比亞的《暴風雨》全部用漢字譯成台語，有的找不到很妥當的字，就在下面做註解，以後別人如果覺得不妥當，可以修改。

所以，台語的發展，我們不必否認我們是漢字系統。有人很激烈地表示，寫漢語就是要給中國人看（講白一點，就是賣台），堅持一定要用台語。但有的台語是漢羅合寫，如果不能接受漢字，為什麼可以接受羅馬字？如果中華帝國不接受，為什麼接受羅馬帝國？這是不通的啊！更奇特的是，口頭說明是用台語，文章是用華語寫，投影片則是英文。這講不通啊。

當然，母語是一個正確的方向，但是漢語可以接受，為什麼不能用漢語寫？古早時代的歌仔簿也是用漢語寫的，當然有的用字不妥當，那可以修改啊！現在流行漢羅合寫，覺得這樣方便。但是東西方兩套不同的語言系統，如何合在一起？其實是方便性而已啦。台語各地的腔調不同，沒有辦法用拼音的啦。昨天在高雄，大家在討論，台灣有六種客語，到底要用哪一種？台語也一樣，泉州、漳州的口音不同，要寫哪一個字？哈哈哈！講太遠了。

家庭、生活

莊：您中午都在外面吃飯嗎？

李：我現在中午等於沒有吃飯。去年四月身體檢查，血
糖太高——飯前一七九，醫生說控制血糖必須減輕體
重。那時我體重七十九公斤，因為要節食減重，中午
不吃飯，只吃餅乾、水果，我太太每天幫我準備一盒
優酪乳，習慣了也不覺得餓。後來我才知道我血糖偏
高是因為那一年我要去印度時，緊張造成皮膚過敏，
醫生給我服用類固醇引起的。類固醇停用之後，血糖
就降下來了。

我早餐也只吃一片土司，晚餐稍微吃多一點，飯
也吃不多，不到半碗，菜、湯多少吃一點。這樣也
不覺得累，不感覺沒有體力就好了。因為檢查失誤而
緊張了一下，不過因此體重減輕十公斤，真是意外收
穫，肚子上的油都消了。哈哈！

莊：您太太退休了？她本來有上班嗎？

李：她本來在公路局上班。我們結婚之後，孩子都是我丈
　　母娘帶，那時我母親還沒搬來臺北，搬來臺北以後還
　　有幾個妹妹在讀書，也沒辦法幫我們帶孩子。後來我
　　丈母娘過世，沒人幫忙帶小孩，我太太就辭掉工作，
　　那時她才三十幾歲，後來就沒有再工作了。

莊：您住家在附近？

李：就在我辦公室大樓後面。

莊：您的作品您太太都會看嗎？

李：我寫文章我太太都不會去看。我得行政院文化獎時，
　　行政院買《詩的紀念冊》來送人。頒獎時送的書我太
　　太也不會看，問題是親戚來參加頒獎典禮，每個人拿
　　一本回去，看了之後打電話給我太太，問她書裡面寫
　　的是誰。這一下我太太發火了，給我「搥黑豆」，很
　　麻煩！哈哈！

莊：年紀越大，越感覺老伴不錯吧？！

李：生活步調已經定型了，也不會有什麼大變化，每天做
　　什麼事情，差不多都固定了。老人家適應性較差，就
　　照固定的生理步調行動。人和人之間年輕時比較有可
　　塑性，從年輕時磨到老，就這樣適應了，也不可能有
　　什麼大改變。最近有個同學從美國回來，他離婚了，

想再找個太太。其實老人有老人的生活，可以交朋友，男的女的都沒關係，一起去圖書館、旅遊，都很好啊，不必一定要再結婚嘛。

莊：其實年紀大了，最重要的是有個伴，興趣相投比較要緊。

李：是啦！伴，有時候朋友比家裡面的伴更要緊，因為朋友都是性情相投，談話投機才會做朋友。

莊：夫妻最初也是能夠合得來才會結婚啊。

李：應該是這樣，問題是年紀大了再結婚，往往不是因為合得來，而是因為需要而結婚，意思就不一樣了。說真的，人年歲大了就很麻煩，兩個人本來生活得好好的，一個先走的話，整個生活步調都亂了。台大哲學系曾天從教授（趙天儀的老師）八十幾歲他太太過世時寫了一首給太太的七言古詩，有一次益壯會邀請他參加，他唸了那首詩，大意是：「妳每次出門都需要我帶路，這一次妳先去，沒有我帶路，妳找得到路嗎？」非常動人。所以我常常說，詩是一種感情，用語言花招是沒有用的。類似情況還有個日本女詩人。有一次，我、杜潘芳格和她在一起，聽她說她丈夫過世時，她寫了一首詩，意思是：每次她出外旅行都和

丈夫一起，這次她丈夫不在了，她旅行時還是買兩張
票，好像她丈夫仍然和她一起旅行。很感人。

莊：您退休以後比較有時間出去參加活動吧？

李：年紀大了，應該常常出去活動，不過我自己很懶得出
去。以前我們有個愛智會，都是發明方面的朋友，
每個月聚餐一次，後來我也不想去，其中有一個年紀
比我大的朋友曾經警告過我，他說越是不出來就越不
想出來。真的是這樣。本來有接觸的朋友都不想出來
聚會了，不熟的人就更不想聚會了。我平常都是九點
多就睡了，晚上聚會的話，七點到九點，有時候拖延
一下九點半才散會，我回到家十點了。過了時間我就
睡不著，有時候拖到十二點、一點才入睡，早上一樣
四、五點就醒，這樣精神就不夠。因此我就不大想參
加，不去之後就越不想去。

莊：您的生活很固定？

李：不但固定，範圍又很小，從家裡到辦公廳只隔八米
巷，幾步路就到，如果沒有出去，就在這個十公尺半
徑的圈圈裡面。不過還算好，中南部的朋友如果搭飛
機上來臺北，我這裡離機場很近，他們中午會彎過來
來找我「開講」，吃個飯，還有一些朋友來往。

莊：您工專的朋友比較常在一起嗎？

李：對，不過也沒有固定聚會，大概都是子女嫁娶或是在美國的同學回來，就會相聚。工專的同學比較談得來，主要是專業技術接近，以後雖然沒有特別傑出的，但是大部分都有一家小公司在經營，經驗比較接近。在臺北聚會的差不多十二、三個人剛好一桌，住中南部的就比較不方便。我們那一班的人數算多的，四十個左右，在工專是空前絕後，而且我們班上的女生最多，有七個。

莊：您有沒有特別知己的好朋友？

李：這很難講，很難給「知己」下定義。這麼多年來，在文學方面遇到很多我認為可以培養的人，我盡量提供資源或是機會，最後往往吃力不討好，甚至有被背叛的感覺，可以說，我們的苦心人家並不領受，很多這種情形。但是我並不後悔，遇到年輕後輩，我還是會提供機會。

莊：背叛是很嚴重的——

李：很多類似被背叛的情形，所以漸漸的我覺得人實在很恐怖。現在年紀大了，事情看多了，就比較無所謂，反正人就是這樣啊，合得來的講多一點，合不來的講

少一點，無所謂啊！有時候遇到這種事也會洩氣，對人太好，人家反而——。但是，沒辦法，自己的個性，死不悔改，我是想，幫人家介紹個機會，不怎麼樣，自己也不吃虧啊，但是對人家可能很有幫助，我年輕時多少也得到過人家的幫助啊。漸漸的我變成平常心，無所謂啦。

莊：您的休閒活動？

李：很少！

莊：運動？爬山？

李：有一段時期我常常去爬山，七星山、大崙頭山、大崙尾山、汐止附近。爬七星山寫〈白髮蘚〉那一次是最後一次。那次是隨登山隊，遇到大風雨，之後就沒有再爬山了。那兩三年經常爬山，有時候太太不去，我自己去，一大早開車出去，還記得從士林往陽明山方向，到台灣神學院去爬山，那裡很陡，途中有個謝姓宗祠，很大。

其他，打球，差不多都沒有。年輕時打過橋牌，有個同學很喜歡打橋牌，和他們打橋牌，當兵時就沒有打了。初中時打過籃球，——之後，撞球等等，都不會。所以，我的休閒很枯燥。年輕時喜歡看電影，尤其還沒結婚談戀愛時，都會相約去電影院看電影，

結婚後就沒有了。想一想，好像沒什麼休閒，有時候去音樂廳聽音樂會都是人家送的票，自己主動買票去聽的只有一、兩次而已。上班時間固定聽愛樂電台，從早聽到晚。

從小我不喜歡離開臺北，以前我有個很深切的觀念：如果離開臺北，很多資源——尤其文化方面的資源——就吸收不到了。其實，臺北那時候的音樂會、戲劇表演很少，等到這些節目多起來時，我年紀大了，沒興趣了。去聽音樂會的活動都需要伴，我太太對這些都沒興趣，邀不動她，自己就懶得去了。而且時間越來越少，辦公廳的事做不完，回家繼續做，沒什麼休息。

莊：您一個人在辦公廳，好像也不會孤單？

李：情形和今天差不多，幾通電話。

莊：也有一點孤獨的時間？

李：很少，都是做到回家，沒有休息。讓我坐下來沉思一下的時間都沒有。

莊：一向都是這樣嗎？

李：自從辦專利以後都是這樣。這一本《2003年台灣文學年鑑》擺在這裡，有時要下班了，想想都沒讀就讀個

兩頁，好幾個月還沒讀完，如果要讀它，我工作就必須放下來。所以，要下班時，看看還沒七點，就讀幾分鐘再回家。

莊：您都固定七點回家？

李：差不多都是七點，有時候早一點回去，太太會問：「今天那麼早回來，有什麼事嗎？」或是問：「你是要出去嗎？」可見我的生活很機械化，唯一的休閒是朋友來，一起出去吃飯開講。莊金國固定一個月會來臺北一次，來參加《新台灣》編輯會議，他來臺北都會來我這裡坐坐，有時候約杜文靖一起吃飯開講，通常都是我們三個。朋友開講等於是最痛快的休閒活動，無憂無慮。其他的就很少了。

電話騷擾

莊：您就讀工專時期，發表作品較多，從那時到現在，寫作這麼多年，有沒有遇到什麼困擾？

李：工專時期時間很緊迫，因為被當而有機會去圖書館閱

讀文學作品，這些我都寫過了。當然也參加了一些文學活動，譬如寫作協會工專分會成立，他們邀我參加，之後他們編過雜誌，也邀了我，這些我也都寫過。但是有一件事我沒講過，今天頭一次講：有一次有個同學告訴我說有人來課外活動組調查我，不知道是警總或哪個單位，那同學也沒說清楚。後來課外活動組也沒來找我，我也不在乎，沒有理它。可能那時候警總有些神經過敏，看我常常寫詩、寫文章，就開始注意。但是課外活動組大概看我在學校沒參加什麼活動，也沒有不良的事跡，就沒有來找我。我可能很幸運，常聽人家說警總怎樣怎樣，我寫作五、六十年來，沒有被找過麻煩，也沒有人直接表達過什麼，調問更不用講了，從來沒有遇到過。

有一次有個馬拉威詩人崔普拉來淡江大學客座時，李敏勇邀我和他一起吃飯，他問我們兩人說：「你們常常寫政治詩，國民黨沒有找你們麻煩嗎？」我說沒有遇到麻煩啊！他說如果是在馬拉威，百分之百都會被抓去關。我跟他講：「你們馬拉威政府懂詩，台灣國民黨不懂詩，所以我們寫了詩，政府不會管。」也可能國民黨認為詩沒什麼人閱讀，沒什麼影響力，就不管了。所以，我沒有被找過麻煩，唯一一

次被找麻煩是台灣筆會成立時，常常三更半夜接到騷擾的電話，那時楊青矗當會長，我當副會長，李敏勇當祕書長，他們兩人都沒接到那種電話，只有我接到，很奇怪。可能楊青矗那時候還是用楊和雄的名字，他們查不到楊青矗的電話，而聽說李敏勇家裡的電話是用他太太的名字登記的，也找不到他。獨獨找到我，常常半夜十二點、一點打電話來，剛開始是我太太或我孩子接的電話，問清楚是寫文章的李魁賢家之後就破口大罵。有一晚我接到，對方也大罵，是台灣口音哦。因為這樣，我晚上睡覺時都把電話聽筒拿起來。我把這件事告訴楊青矗，他說那是紅的啦。他的意思是，那不是國民黨，是統派的騷擾。他教我以後再接到這種電話，兇一點他就怕了。楊青矗可能有經驗，他說這種人「軟土深掘」，兇他，他就怕了。我是沒有這樣做，都是把電話聽筒拿開。後來有人教我，電話先按米字鍵再撥一個什麼號碼，電話就不通，打電話進來會出現語音：「這個電話主人不方便聽電話──」。有時候我早上忘記解除，有朋友打電話來，聽到這樣的語音，以為我們家發生什麼事，跑到我家來呢，以後這招也不敢再用了。一段時間之後，騷擾電話也沒有了。

得　獎

莊：您得過很多獎，有幾個比較特別的，1975年您得到中
　　山技術發明獎，那是——

李：那完全是發明的獎，是一把剪刀。我在專利事務所時
　　老闆投資和人家合作做一種保鮮劑，讓水果蔬菜可以
　　保存久一點。和台大農業系合作，種植洋菇，採收之
　　後摻入保鮮劑，包裝送到日本。我設計了那把剪刀，
　　那時候中山發明獎是怎麼去申請的，我忘記了，那是
　　年度獎，一年只有一個，那次是王雲五頒獎。

莊：1976年，您得到英國國際詩人學會傑出詩人獎。

李：那時他們有個傳記學會，出版詩人名錄，我也被收入
　　其中，之後他們寄了一張傑出詩人獎證書來，我也
　　不知道那是怎麼來的。我得很多獎都像這樣，意外來
　　的，包括這次吳三連獎，我也不知道怎麼來的，接到
　　得獎通知，才知道是文學台灣基金會推薦的。得賴和
　　獎也一樣，賴悅顏很客氣地打電話問我接不接受賴和

獎，我才知道得獎。

莊：1985年美國國際大學基金會頒給您榮譽化工哲學博士學位，那是——

李：那是美國另外一個傳記Biographic Institute，將我收入名人錄。之後通知我要頒授給我榮譽化工哲學博士學位，看我要不要接受。我想那是人家的好意啊，沒什麼接不接受。他們寄來了一張證書，還經過西班牙認證、蓋章，很慎重。

莊：還有一個比較特別的，1986年美國愛因斯坦國際基金會和平銅牌獎。

李：我想這和美國國際大學基金會有關係，也是根據收入名錄的一些事蹟，通知我要給我這個獎，很客氣地問我要不要。剛開始比較感興趣，給我獎我就領。後來很多獎我都推掉了，拿那麼多獎也沒意思。

莊：您領過那麼多獎，哪一個感受比較深刻？

李：獎領多了，有點麻痺，不太知道。當然我最高興的是用台灣作家的名字給我的獎，包括吳濁流的新詩獎，巫永福的文學評論獎，賴和獎，榮後詩獎，還有這次吳三連獎。那天我領吳三連獎時講過，以台灣先賢為

名的基金會肯定我給我獎，等於我對台灣的認同，人家也認同我，這是我最高興的。除了這個以外，其他我也沒什麼興趣，更沒有爭取過，不只是我，很多本土詩人都沒興趣。我編前衛版《1982年台灣詩選》時，有人沒有被選入，就寫信到前衛罵我，說我都是選本土的，說我們沒辦法得到《聯合報》、《中國時報》的獎，自己選自己的在爽，罵得很難聽。其實，他不瞭解，以為在《聯合報》、《中國時報》得獎的才是好詩、名詩。他不知道我們對那些獎沒興趣，包括早期的國家文藝基金會的國家文藝獎，本土作家沒有一個拿那個獎，那名稱和現在國家文化藝術基金會的國家文藝獎一樣，不過，性質不同，現在的國家文藝獎層級較高，獎金也多。

生命與人生

莊：您的人生過程當中，哪個階段最值得懷念？

李：早期的事記憶會消退，所以對我來講，這幾年最讓我懷念，尤其1997年以後。我常常想，我在三芝花一筆

錢買一棟房子，只有禮拜天才去，好像很浪費。但是現在回想起來，1997年以後，尤其到二十一世紀，是我比較幸運的時代，包括我得到很多獎，書可以陸續出版。1997年之後，我詩寫得較多以外，2001年出版我的詩集六本，2002年出版文集十本，2003年出版譯詩集八本。從2001年到2005年五年間，桂冠《歐洲經典詩選》分五輯二十五本出齊。這些都是在二十一世紀完成的。二十一世紀我得到賴和文學獎、行政院文化獎、吳三連文學獎、印度千禧年詩人獎，這些都是這幾年的事情，莊金國說我是在收成。另外，這幾年外面的參與較多，譬如擔任過台灣北社副社長，國家文化藝術基金會董事，是以前沒有的經驗。

畫家陳錦芳講過一個故事，他說印度一個哲學家講過，一個人以六十年壽命來看的話，前面二十年是學習的階段，接下來二十年是發揮的階段，最後二十年應該是貢獻的階段。他說我們壽命較長，如果以九十歲為準，前三十年學習，中間三十年發揮，後三十年貢獻社會。這樣的講法很有道理，我多少受到他這種說法的影響，也這樣去做，所以我把書捐給文學館，那是1997年我六十一歲時。我自己力量雖然不夠，可以讓社會大眾使用的東西，盡量捐出去，社會

上有一些運動工作需要我去做的，我也盡量參與，所以北社成立，我也幫忙處理了一段時期。台灣筆會我當會長時是比較早，之後別人接筆會會長，譬如曾貴海當理事長，有些工作我也會幫忙。還有，2002年和2003年我帶團到印度訪問，我自己在印度發表詩就好了，但是我覺得這樣不夠，能夠帶台灣詩人出去交流更有意義。這幾天我統計了一下，2004年一年間，我把台灣詩人的詩送到印度發表的就有一七六首（當然我自己最多，有四十二首），共有二十個台灣詩人（包括我）的詩分別在印度六個詩刊、詩選發表。其實，我自己發表的話，不必花那麼多功夫聯絡、發稿等等。我是覺得，六十歲以後應該做一些對社會大眾有貢獻的事情。

對我自己來說，我這三套書，以及桂冠那二十五本書出版之後，我如果再創作或翻譯，那都是多出來的，做不做都沒關係。但是我覺得可以替別人做一些事情，能做的就盡量做。不過，和個性有關，本來我就是比較「拘拘縮縮」（畏縮），外面不認識的就不大喜歡「交插」，所以，有時候會勉強自己，本來很不喜歡的事還是去做。前兩年去印度交流，明年想帶團去蒙古，申請文建會補助。以前我是不向政府申請經費的，但是我自己沒有能力帶團出去啊。去印度

一趟差不多需要七、八十萬，2002年時，吳密察在文建會，馬上就OK，錢就撥下來。2003年時卻「衝無錢」，文建會給我二十萬，再去找外交部，給我三十萬，還不夠啊，再找教育部，給我九萬六，不夠，又去新聞局，給了五萬元，就是這樣湊起來的。明年要去蒙古，我跟吳錦發講了，應該沒有問題，最近我把公文送出去了。

我一直很不喜歡向政府申請經費，吳密察當文建會副主委時很鼓勵作家應該要出去，甚至有一次激我：「《笠詩刊》推你當國際聯絡組，你都沒有表現！」既然政府有這樣的興趣，也有在推動，我就努力看看。之後，感覺做出了一些成績，自己經濟能力不夠，向政府申請經費也是合理的。政府支援讓我們去做，一趟帶十幾個人出去，開開眼界也好，一方面和外國詩人進一步交流，我做得到的就是這樣了。做不到的就沒辦法，也無法勉強。

明年3月底（25、26、27三天）的高雄世界詩歌節，整個計畫書和策劃，就請文學台灣基金會接手，費用由高雄市文化局負擔。到目前為止，我已經邀請好了將近二十個國家三十多個詩人，台灣本身大約六十個詩人。我本來預定外國四十個、台灣六十個，但是外國有的詩人時間上的關係，無法前來。這也算

是多做的事情，我想，我不做的話，別人不做啊！既然要交流，沒有做一些實際的工作，只有用講的是沒有用的。

莊：也是您的名望和關係，才能邀請到那麼多詩人來台灣。

李：為了這個詩歌節，我幫印度翻譯了一本詩選。我們對印度瞭解不多，有這個機會就讓大家多瞭解一點。印度是大國，詩人很多，這兩年我們跟他們交流，他們對台灣很歡迎。印度普遍是用英文，透過他們的英文，就可以傳佈到全世界了。我們透過印度這個窗口，可以打出去到歐美，用一些精神和時間幫他們出書，可以建立一個平臺。台灣如果「交陪」（結交）印度這個大國，要對抗中國時，周邊才會有一些可以運用的空間。印度這個國家很特別，其他國家都說台灣是中國的一部份，說我們是「Free China」、「R.O.C.」，印度不會，我和他們交往那麼久了，印度從來不曾稱我們「Taiwan R.O.C.」，「Taiwan」就是「Taiwan」，他們普遍的觀念有很特殊的地方。

莊：他們本來就有這樣的觀念，或是您有提醒他們？

李：我沒有特別交代，他們都介紹我是Taiwan。他們和中國有一些爭論和緊張關係，這可能也是一個原因。如

果是日本，像1998年我去參加東京詩祭，我擔心日本比較會偏，就特別交代他們要介紹我是台灣詩人，不可以用中華民國，他們就照我的意思用台灣。在印度，我沒有特別交代過。只有今年，有個詩刊發表我們的詩，第一期用「台灣詩人金庫」，第二期忽然用「中華民國詩人金庫」，我馬上寫信去更正，請他們照常用「台灣詩人」不要用中華民國，三月份以後就回復用「台灣」。到現在為止，沒有發生什麼困難。

就是這樣，可以做多少就做多少，這個年紀了，能夠再活多久也不大知道，哈哈哈！活一天撿到一天，有這樣的想法呢！有一次去巴塞隆納，晚上他們去百貨公司，我自己一個人坐在廣場，天氣很冷，噴水池有個女神像，水從那裡流下來。看到那種美的感覺，會想到死亡，很奇怪，不曉得是不是感覺人生到此很完美了？！日本人往往會把美和死亡結合，最完美的時候死去。那種美麗與死亡的感受，後來我寫了一首詩。那是我六十歲的時候。

對有些東西，我看得很開。走過這一段人生，漸漸感覺到有的東西是不能強求的。包括台灣筆會的事情種種，我自己這樣想也這樣勸朋友：自己的努力和身份到達某一階段，自然人家會叫你去做某些事，

水到渠成，不必強求。強求而超過自己的能力時，很苦。我在專利事務所時，看過有人沒讀什麼書，卻很上進，參加很多會，但是他今天聽演講，明天就要上臺演講給別人聽。當然他是很認真，想要表現他有吸收到什麼，但是在我們看來，這太淺了，不是真的很深沉學到了一套再講給別人聽。這就是我說的，實力不到，就不必勉強表現，沒有深沉的思考，講出來馬上被人家「看破腳手」，尤其內行人馬上看出來。所以，以前我很怕去演講、上課，就是因為這樣，人家比你懂啊，講出來會「漏氣」。

莊：您太謙虛了。

李：我講真的。因為我沒有受正統的文學教育，我大學也沒讀啊。林建隆教授在東吳大學設立比較文學研究所，要幫我申請去教課，我推辭了。我自己都沒有學位，怎麼去研究所教課？中正大學江寶釵教授也幫我向教育部申請，到現在還沒下來，可能資格不符。她是很有自信，說我得過國家級的文化獎，辦過國際研討會，符合教育部的條件。但是中正大學的研究所已經設立了，我的案子還沒有消息，我想還是有問題。我是一直推辭，而且路途遙遠，她竟然說：沒關係，研究生只有三、五個，叫他們去台北上課。她都這麼

說了，我就不好再推辭。

　　所以，我一向感覺，自己的能力沒有達到，不敢表現超過自己能力的事情。我自己做的事情，比較有自信、能夠勝任，就是因為我並不要求超過自己所能做的，這樣做起來感覺比較輕鬆。

莊：有時候我們對時間的感受會有差異，有時覺得時間很短，有時又感覺很長。人生的長短也有差異，有人生命雖短，卻做了很多事情，有人生命長，卻沒做多少事。您對時間有什麼看法？

李：我寫過一首詩就是在寫時間，那時我看到時鐘，有個很奇怪的感覺。一般來講，時鐘正常在走，時間是很正確才對。但是卻不是這樣，時鐘走慢了，我們就把時間撥快，它走快了，就把它撥慢，變成很矛盾。如果用人生來看，一個人走得快，應該讓他往前衝，怎麼反而把他拉慢一點和大家平齊，走慢的人則要把他推向前？時間是很準確的，一分鐘六十秒是一定的，但是對人生來講，時間有時候卻是很矛盾或是反諷的，像剛剛講的，走快了把你拉回來，走慢了推你向前。理論上時間是準確的，每人每天都是二十四小時，但是會運用的人覺得時間太短不夠用，不會運用的人則覺得時間長。這也是矛盾，時間本身變成不是

準確性了。

　　至於生命的問題，講起來這也是不公平。我有個同學四十歲就過世，假使我活到八十歲，不只是他的兩倍而已哦！若以陳錦芳的說法，三十歲學習，以後三十年發揮，他才發揮了十年。我若活到八十歲，我就發揮了五十年，是他的五倍啊。所以，照理說時間應該很公平，每個人每天都是二十四小時，但是對生命來講是很不公平的，長壽和短壽的人所能夠發揮、貢獻的就差很多了，我那位同學還沒到可以貢獻的年紀就過世了，但是我可以經過學習、發揮，再進入貢獻的階段，人的價值就出入很大了。

　　當然，用科學或哲學來看時間，觀點會不一樣，我們看問題的角度不同，結論或感受就不同。對時間我還有一個想法。就文學創作來看，到我這個年紀，我漸漸會覺得這個文學創作本身不一定是我自己的文學創作，我現在在做的，是感受到我若能夠替台灣文學多留下一些什麼遺產，那就是我能夠出力、能夠貢獻的東西。譬如賴和、吳濁流過世了，我們能感受到的只是他們的作品而已，賴和、吳濁流，變成只是一個名稱而已，不是這個人了，他的肉體已經不在了。這個名稱留在歷史時，不是他個人，而是一個象徵、符號。我們所能夠努力的也一樣，假使有一天我過世

了，別人能夠體會李魁賢的作品時，「李魁賢」這三個字只是象徵而已，因為那時我已經沒有了，這個名字留下來只是一個符號而已。所以，我常常說，人生在世不必太計較。我是這樣思考：我在的時候，我有我的意識，我不在時，就沒有我的意識了，我留下來的是一個符號、一個象徵，但是那對全體是有意義的。台灣文學將來留下多少人的作品可以讓後人閱讀的，是整體的成就，不是個人的成就。這一點我看得很開，不會強求或在乎我的成就怎樣。

莊：您這種想法是從年輕時就這樣，或是慢慢發展的？

李：我想是慢慢發展的。其實，個性也有關係，從國民學校到初中，我每學期都得獎，得獎好像理所當然，不會「怨妒」別人得到，因為我都會得到。得獎多了，就不會覺得很「稀罕」。所以很多事情我看得很開，包括我的很多獎狀都弄丟了，得獎沒得獎一樣啊。得獎，當然我自己知道，但是怎麼證明？我沒有證明啊！所以，議論上（事實上）來講，記錄上當然查得到，學校有紀錄，我沒有騙人，但是沒辦法「秀」給人家看啊。所以有沒有得到是你自己的感受，別人不一定知道，別人知不知道也沒關係啊，因為你得到，可能是你滿足自己，別人不一定要跟著你滿足這個。

所以，很多事情看開了，就變成很簡單了。

空間也一樣。講白一點，空間就是地位。我剛才稍微談到，你到達某個程度可以發揮什麼工作，那是最好的。我曾經寫過一篇短文，談到要盡其所能，我要求自己盡所有能力，做到哪裡算哪裡，不要超過自己的能力，也不要做太少，因為做太少就沒有發揮人的價值了。地位也一樣，到什麼程度可以做什麼工作，自然做就「快活」（輕鬆），不要求太多。

空間的意識，當然除了地位之外，擴大一點來講，國際交流也是一種空間的意識，我們能夠走出去就走，不能走出去就不要走。若能夠走出去而不走，這也是一種損失。我想，空間和時間都是一樣的，盡其所能，如王昶雄寫給我的墨寶——

莊：「但求不愧我心」。

李：對啦，就是這樣。

國家圖書館出版品預行編目

千禧年詩集 / 李魁賢著. -- 一版. -- 臺北市
　：秀威資訊科技, 2010. 01
　　面；　公分. --（語言文學類；PG0302）

　BOD版
　ISBN 978-986-221-334-6（平裝）

　863.51　98019700

 語言文學類　PG0302

千禧年詩集

作　　　　者 / 李魁賢
發　行　　人 / 宋政坤
執 行 編 輯 / 黃姣潔
圖 文 排 版 / 鄭維心
封 面 設 計 / 陳佩蓉
數 位 轉 譯 / 徐真玉　沈裕閔
圖 書 銷 售 / 林怡君
法 律 顧 問 / 毛國樑　律師
出 版 印 製 / 秀威資訊科技股份有限公司
　　　　　　台北市內湖區瑞光路583巷25號1樓
　　　　　　電話：02-2657-9211　傳真：02-2657-9106
　　　　　　E-mail：service@showwe.com.tw
經　　銷　　商 / 紅螞蟻圖書有限公司
　　　　　　台北市內湖區舊宗路二段121巷28、32號4樓
　　　　　　電話：02-2795-3656　傳真：02-2795-4100
　　　　　　http://www.e-redant.com

2010 年 1 月　BOD 一版
定價：240 元

讀　者　回　函　卡

感謝您購買本書，為提升服務品質，煩請填寫以下問卷，收到您的寶貴意見後，我們會仔細收藏記錄並回贈紀念品，謝謝！

1.您購買的書名：_____

2.您從何得知本書的消息？

　□網路書店　□部落格　□資料庫搜尋　□書訊　□電子報　□書店

　□平面媒體　□ 朋友推薦　□網站推薦　□其他_____

3.您對本書的評價：(請填代號　1.非常滿意 2.滿意 3.尚可 4.再改進)

　封面設計____　版面編排____　內容____　文/譯筆____　價格____

4.讀完書後您覺得：

　□很有收獲　□有收獲　□收獲不多　□沒收獲

5.您會推薦本書給朋友嗎？

　□會　□不會，為什麼？_____

6.其他寶貴的意見：_____

_____

_____

_____

讀者基本資料

姓名：_____　年齡：_____　性別：□女 □男

聯絡電話：_____　E-mail：_____

地址：_____

學歷：□高中(含)以下　□高中　□專科學校　□大學

　　　□研究所(含)以上 □其他_____

職業：□製造業 □金融業 □資訊業 □軍警 □傳播業 □自由業

　　　□服務業 □公務員 □教職　□學生 □其他_____

To：114

台北市內湖區瑞光路 583 巷 25 號 1 樓

秀威資訊科技股份有限公司　　　收

寄件人姓名：

寄件人地址：□□□

（請沿線對摺寄回,謝謝!）

秀威與 BOD

BOD（Books On Demand）是數位出版的大趨勢,秀威資訊率先運用 POD 數位印刷設備來生產書籍,並提供作者全程數位出版服務,致使書籍產銷零庫存,知識傳承不絕版,目前已開闢以下書系:

一、BOD 學術著作—專業論述的閱讀延伸
二、BOD 個人著作—分享生命的心路歷程
三、BOD 旅遊著作—個人深度旅遊文學創作
四、BOD 大陸學者—大陸專業學者學術出版
五、POD 獨家經銷—數位產製的代發行書籍

BOD 秀威網路書店：www.showwe.com.tw
政府出版品網路書店：www.govbooks.com.tw

永不絕版的故事・自己寫・永不休止的音符・自己唱